夜と誘惑のセレナーデ
止めようもなく震える指を、慌ててぎゅっと握り締める。すると、隼人の手がゆっくりと伸びてきて握りこんでいた拳を解いた。自身の指に湊の指をきゅっと絡めてから、口元まで持っていった湊の手の甲に唇を押しあててくる。

夜《よる》と誘惑《ゆうわく》のセレナーデ

桐嶋《きりしま》リッカ

ILLUSTRATION
カズアキ

CONTENTS

夜と誘惑のセレナーデ

夜と誘惑のセレナーデ

1

いつかきっと、王子様に出会えるわ。

――いい？　あなたは『Prinzessin《プリンセス》』なんだから。

それが母親の口癖だった。

ほかにも「プリンセスの危機《ピンチ》には、必ず王子様が現れるのよ」だとか、「二人は見えない運命の糸に導かれて出会うの」だとか、バリエーションはいろいろ。

ごく小さい頃はワクワクしながらその話を聞いたものだが、いまとなっては苦笑――というよりも失笑を禁じ得ない。そもそも自分は「プリンセス」どころか女性ですらないし、「王子様」なんて浮世離れした存在がはたしてこの世のどこにいるというのか。

（いたところで関わる気もないし）

目を惹《ひ》くアッシュブロンドをさらりと掻《か》き上げながら、佐倉湊《さくらみなと》は青みを帯びた夕闇に吐息を散らした。先ほどまではビルの谷間にまだオレンジ色の夕陽がちらついていたのだが、それが沈んだいまとなっては、辺りを照らすのは白々とした街灯の明かりだけだった。人工的な白光は不自然なまでに明るく、おかげで空を見上げても無数に在るはずの星は数えるほどしか見えない。

空も星も、生まれ育った故郷で見たものとなんら変わりないはずなのに、街が違うだけでこんなにも印象が変わるものだろうか。

「なんで、こんなトコにいるんだろ…」

誰にともなく問いかけながら、湊は腰かけているベンチが少しずつ夜気で冷えていくのを薄いスキニーパンツ越しに感じていた。歩き疲れた脚を投げ出すようにして座りながら、ベンチの背に頭を預けて群青色に染まりかけた空を見るともなしに眺める。

いま現在、この場に佇《たたず》んでいる理由——それを問うならば答えは明白だ。

（そろそろ、年貢の納め時かな…）

どうにも認めたくなくて粘ってはみたのだが、日まで暮れてしまった以上、さすがに意地を張り続けるわけにもいかない。

深まりつつある秋の冷気を一度大きく吸い込んでから、湊はポケットから携帯を取り出した。やるせなく細い息を吐きながら、リダイヤルボタンを押す。ほどなくして応答した相手に「祖母を」と告げると、すぐに通話が取り次がれた。

『それで？』

「……迷った」

言い終わるなり、カカカッと闊達《かったつ》な笑い声が電話口から聞こえてくる。

『それみたことか。で、いまどこにいるんだい？』

「わからない。大きな公園」

『大きいねぇ。どれくらいの規模だい？』

「かなりかな。競技場とか、体育館も敷地内にあるみたい」

このベンチに辿《たど》りつくまでに見た園内の様子を伝えると、祖母は得心したように「ああ」と小さく呟《つぶや》いた。即座に「そこからなら歩いても帰れるよ、まあ迷わなければの話だけどね」と半笑いに挑発されるも、張り合う気力すらもう残っていない。

「車出してもらえる？」

『――まったく、手のかかる孫だよ』

自分が予見した通りの結果になったのがよほど嬉しいのだろう。喜色を浮かべた顔がありありと思い浮かぶほど弾んだ声で待ち合わせ場所を告げると、通話は一方的に切られた。

「第一駐車場、ね」

問題はそこまで無事に辿りつけるかどうかなのだが、園内の見取り図を先ほど見かけたのでそこで位置を確認しつつ、あとは案内表示さえ見落とさなければ大丈夫だろう。それでもわからなくなったら、そこらを歩いている犬連れの誰かに訊《き》けばいい。近所の住人なら園内にも詳《くわ》しいはずだ。

（とはいえ……）

駅から徒歩で十分足らずだという目的地まで、詳細《しょうさい》な地図を持ち、二十人を超える人に道を訊《たず》ねつつも辿りつけなかったという前科を考えると――けして楽観視はできないかもしれない。

分刻みで暗くなる夕闇に視線をさまよわせてから、湊は閉じた携帯に額を押しあてた。俯《うつむ》いた拍子に両サイドのシャギーが手首に降りかかる。伸びるに任せていたら、いつの間にかボブからミディアムボブに変わっていたストレートヘアが、さらさらと頰をくすぐった。

祖母が「あんたの方向音痴はもはや才能だよ」などとことさらに囃《はや》すので、ついむきになって「一人でもいけるから」と断言して家を出てしまったのだが、昼すぎに出立して本来ならトータル三十分もあれば到着できる場所に日が暮れても行きつけないとは……これはもう本当に重症だ。

慣れない街だから、というより慣れない国だからという理由もあるにはあるのだが、それ以前に自分には人としての最低限の方向感覚すら備わっていないのかもしれない。さすがに今日の迷いっぷりは自分でも心配になるほどだった。一人じゃ満足に外出もできないなんて。

(これだから「プリンセス」なんて呼ばれるんだよな…)

この数時間、ずっと手にしていたおかげでボロボロになった地図を伏し目がちに見やる。——と、周囲の明度が急に下がった気がして顔を上げると、見覚えのある制服姿が目の前に立っていた。

「あ……」

襟《えり》と袖口《そでぐち》に金色のパイピングが施《ほどこ》された暗緑色のブレザーに、墨色のスラックスとタイ。ジャケットの左胸には印象的なエンブレムが縫いつけられている。金糸で象《かたど》られた「月と星と太陽」を模したその校章は、湊が今日半日かけても辿りつけなかった学校のものだった。

「**May I help you?**」

流暢《りゅうちょう》な発音で問いかけながら、目の前の人物がすうっと片手を差し出してくる。

「──…」

あまりに滑《なめ》らかだったその動きに釣られるようにして、湊は気づいたら掌《てのひら》を重ねていた。

ゆっくりと手を引かれてベンチから腰が浮き上がる。完全に立ち上がってもなお、頭半分は高い位置から自分を見下ろしながら、その人物はふわりと柔らかい笑みを浮かべた。

まるで黒曜石《こくようせき》のような輝きを持った瞳に、隙なく整った彫像のような面立ち。その端整な容貌《ようぼう》にただでさえ目を奪われていたというのに、それらが微笑みを浮かべた途端《とたん》、相対する人物の雰囲気がいまにも蕩《とろ》けそうなほどの甘さを帯びた。

わりと美形には免疫があるというか見慣れているつもりなのだが、目の前の人物がまとうオーラには一種独特のものがある。視線を奪われたら二度と逸《そ》らせないような、蠱惑《こわく》に充《み》ちた甘さ。滴《したた》るような色気を放ちながら、それでいて清潔感のある微笑に湊はすっかり魅入られていた。

「Where do you want to go?」

(ああ…)

地図を手に項垂《うなだ》れていた姿から、道に迷っていると思われたのだろう。英語で答えるべきか、日本語で応答するべきかしばし迷ってから、湊は英語で第一駐車場の場所を訊ねた。身振りを交えつつ丁寧《ていねい》に教えてくれる彼の声音に耳を澄ませながら、いまだ目を離せずにいる彼の容貌をじっと見つめる。

「Do you understand what I mean?」

最後にそう問われて、湊はようやく瞬《まばた》きすら忘れて見つめていたこと、それから手を繋《つな》いだままだったことに気がついた。慌てて手を放すと、彼が艶《つや》めいた笑みで目を細める。

「——Thank you…」

瞬きをくり返しながら逸らした視線を足元に逃がすと、湊は詰めていた息を小さく吐き出した。

(び、びっくりした…)

彼の持つ容貌や雰囲気にすっかり呑み込まれてしまったのもあるが、この国にきて以来、知人以外でこんなにも自然に接してくれた相手は初めてだった。

灰色がかった金髪に、南の海を思わせる澄んだパライバトルマリンの瞳。

髪色と同色の眉に彫りの深い顔立ち、高い鼻梁《びりょう》や抜けるように白い肌——。母親から受け継いだ要素はいずれも、この国にはそぐわないものばかりだ。祖母によれば耳の形だけは父親に似たらしいのだが、そんなことがわかるのは身内くらいのものだ。

父にも母にも似なかった少し険《けん》のあるアーモンドアイと、癖でつい引き結んでしまう唇も、さらに近寄りがたさを発揮してしまうのかもしれない。たとえ日本語でこちらが話しかけようとも、たいがいの相手は湊の容姿を目にすると大なり小なり身構える。その反応に慣れきっていたので、気さくに声をかけてきた彼の態度に湊は少々面食らってもいた。見た目だけなら確実に「外国人」と分類される自分に臆《おく》したふうもなく声をかけてきたのは、英語が達者だからという自負の表れだろうか。

(でも……)

束《つか》の間《ま》伏せていた目線を、もう一度上げて真っ直ぐに見据える。

湊の視線に気づくと、彼はまたふわりと花のような笑みで迎えてくれた。

ゆったりと輪郭《りんかく》の緩んだ瞳の奥に、欺瞞《ぎまん》や下心めいた色合いは見あたらない。湊の容姿を目にしても怯《ひる》まない理由のひとつは、恐らく「同族」だからだろう。――だが同族であったなら逆に、この髪色と瞳の「薄さ」に違う意味で身構えるはずだ。だがそこに興味を惹かれたふうもなく、彼はただ穏《おだ》やかに笑っているだけだ。よけいな詮索《せんさく》をするでもない。

よかったらご一緒しましょうか、と微笑みながら首を傾《かし》げる仕草《しぐさ》にも他意や不自然さは見とめられず、湊はついめずらしい物でも見るような目つきでまじまじと彼のことを見つめてしまった。

彼を照らす街灯の明かりも、いまはまるで月光のような儚《はかな》さすら帯びている気がする。

「Watch your step」

先ほどといいエスコート癖でもついているのか、また目の前に片手を差し出される。そういった仕草は、この国ではマイノリティな礼儀ではなかったろうか。自然で衒《てら》いのない仕草を見るに、彼にとってはそれが身についた習性なのだろうと思う。柔らかな物腰や穏やかな物言い、顔立ちや立ち姿からそこはかとなく発されるノーブルな雰囲気、なんだかまるで――。

（……バカバカしい）

母親の夢想と重なりかけていた彼の輪郭から目を逸らすと、湊は首を振ってその申し出を断った。短く礼だけを告げて、すぐにその場を離れる。

くだらない、とんだ妄想――。そう思いつつも、昔から語り聞かされてきた思想はなかなかに深く、自分の内側に根ざしているらしい。バカげた妄想に捕らわれる前に一刻も早く彼から離れたくて、足早に並木道を抜ける。それでも脳裏から彼の容貌が消えることはなかった。

漆黒《しっこく》の髪と瞳。恐らく陽光の下で見れば、あの髪色はほんの少しだけ青みがかるのだろう。ちょうど濃紺に染まりつつある、いまの夜空のように。彼らの「種族」は自分たちとは真逆に、能力が高ければ高いほど、瞳と髪の色素が濃くなる。

雲ひとつない空を見上げると、ポツンと正円に近い月が浮かんでいた。――時代が違えば彼らは闇に紛れヒトの生き血を吸い、自分たちは月に吠え、この身を獣と化していたのかもしれない。どちらも遠い昔のことだけれど。

人間とは異なる魔物の血、それらを身に宿す者たちの総称を「魔族」という。

時にヒトの歴史に紛れ、時に堂々と表舞台に立ちながら連綿と受け継がれてきた血筋には、大きく分けて三種の系統がある。ひとつは魔女の血を引く「ウィッチ」。赤髪と緑眼という特徴を持つ彼らも自分たち同様、能力が高いほどに色素が薄くなる傾向にある。それから吸血鬼の血を継ぐ「ヴァンパイア」。青みがかった黒髪と血を煮詰めたような深い暗紅色の瞳は、彼らが闇に紛れて暮らしていた頃の名残《なご》りなのかもしれない。そして最後が、狼男の血を引く「ライカン」。茶髪に碧眼《へきがん》という特徴を持つ自分たちは、三種の中ではいちばん楽天的な性質を持つと言われている。

(もっとも、そう言われ出したのはここ百年くらいか)

魔族の歴史はとても古く、その間に様々な変遷を経《へ》ての「現在《いま》」だ。昔とは大きく変わった面も多々ある。そのうちのひとつが寿命だった。古代の魔族たちはとても長命だったのだという。三百年はあたり前に生きたという話だが、いまの魔族は人間と大差ない年月で天寿《てんじゅ》に至る。それに魔族であれば必ず生まれ持つ「能力」も、いまの魔族に比べればとても強く甚大《じんだい》だったらしい。

こういった特徴は時代とともに廃《すた》れ、近年の魔族においてはほとんど見られない。現代魔族の主流となった血筋を人々は「純血種《サラブレッド》」と呼び、いまでは夢物語的な扱いすら受ける以前の血統を「古代血種《クラシック》」と呼ぶ。――だが圧倒的なマイノリティではあるが、クラシック魔族は近代社会にもしっかりと現存しているのだ。

クラシックと、サラブレッドとを一目で見分ける方法――それは瞳と髪色の違いにある。固有能力の高さに由来するのか、クラシックのそれらは極端に薄いか、濃いかのどちらになる。ウィッチやライカンであれば薄く明るく、そしてヴァンパイアであれば限りなく闇に近い暗さを持つ。

湊の母親は、欧州に棲《す》むクラシック・ライカンだった。

クラシックは通常、サラブレッドとではなく同じクラシックとの間に子を生《な》す。クラシックの血はひとたびサラブレッドと交わるとそちらの特色に染まってしまうからだ。生まれた子供は必ずサラブレッドになってしまう。そういった事情からクラシック以外との生殖は原則禁じられているはずなのだが、何の間違いか湊の母親ヴィクトリアは、留学生として街にきていたサラブレッド・ライカン佐倉瑞《みずき》と許されざる恋に落ちてしまったのだ。

かたやドイツ名門クラシック「シュナイダー」家が秘する深窓《しんそう》の令嬢、かたや日本ライカン最大の派閥《はばつ》を誇る名家「佐倉」家の期待を一身に背負った跡取り息子、そんな間に生まれた恋だ。周囲の猛反対を受けながらも二人は思いを貫き、一粒種の湊を儲《もう》けた。それまでは大人しくたおやかで、家のしきたりにも従順だったヴィクトリアがそこまでして我を通したことに、あちら側の関係者は目を剝《む》いたらしい。その点は瑞にしても同じだ。後継者としてこれまで邁進《まいしん》してきた栄光の道を捨てる選択をしたのだから、二人にはよほどの覚悟と、揺るぎない恋情とがあったのだろう。それに――。

（その頃から、母さんは知ってたんだろうな…）

瑞の命が長くないことを――。そうでなければ婚姻《こんいん》はまだしも、クラシック畑で生きてきた母親がサラブレッドの子を産もうなどとは考えなかっただろう。

稀《まれ》にだが、火遊びで両者の間に子供が産まれること自体は前からあったと聞いている。だがそういった場合、子供はサラブレッド側の家が引き取り、育てるのが慣例だった。なぜなら子供はあっという間にクラシックの年齢を追い越し、ひいては先に逝《い》ってしまうからだ。同じ理由でサラブレッドとの恋も禁じられていたのだろう。愛する伴侶と血を分けた子供が、次々と老いさらばえていく姿など目の当《ま》たりにしたい者などいないはずだ。だが、どうにか思い留まらせようとする両家の説得も実力《あ》行使すらも撥《は》ねのけて、ヴィクトリアは固い意志で瑞を選び、彼の子供を宿す決意をしたのだ。

逃避行のさなかに念願だった子宝に恵まれ、二人はドイツ辺境に居を構えると、湊を慈しみながら慎ましやかに暮らした。家族三人ですごした日々はいまも温かく、胸に残っている。

――肺を患《わずら》っていた瑞が亡くなったのは、湊が八歳になる前だった。

永遠のロマンスを誓った伴侶の先立ちに、ヴィクトリアは取り乱し、泣き喚《わめ》き、手をつけられないほどの情緒不安定に陥った。彼女の持つ能力が『雨』だったのも災いしたろう。荒れ狂い、悲しみに咽《むせ》ぶ彼女の心情を具現化するように、辺り一帯は止《や》まない雷鳴と豪雨に閉ざされた。一ヵ月が経過しても変わらない事態にシュナイダー家が動いた時には、ささやかな小川だった近所のせせらぎは轟音《ごうおん》を立てる濁流に変わっていたという。

クラシックとして百年以上生きているにもかかわらず、ヴィクトリアは夢見がちで空想好きな、まるで思春期の少女のような人だった。だからきっと父との死別には耐えられない。幼いながらも湊はそのことを覚悟していた。シュナイダー家の遠縁にあたる人物に引き取られることになった時も、抵抗することなく従った。父の死と前後して覚醒した己《おのれ》の能力が、母親の力を助長していることにも薄々気づいてはいたのだ。離れるしか道はないと思った。

魔族の中でも優れた能力を持つ者だけが集い、学ぶことを許される特別機関・アカデミーの理事を務める遠縁に引き取られた湊は、そこに集まる子供たちと共同生活を送ることになった。

瑞の死から十年近く経っても完全には立ち直る気配のないヴィクトリアは、いまでもシュナイダー家の計らいで欧州を点々としながら暮らしている。ヴィクトリアの血を引いているとはいえ、所詮《しょせん》はサラブレッドとの間に産まれた子供――。湊の境遇に冷たかったシュナイダー家に代わって、何くれとなく世話を焼いてくれたのは佐倉の宗家でもあった湊の祖母だった。

祖母と初めて会ったのは、アカデミーに移ってから一ヵ月ほど経ったある日のことだ。

面会人がきていると言われて応接室の扉を潜《くぐ》った途端、湊は有無を言わさず、中にいた和装の老婦人に抱きすくめられていた。突然のことに最初は混乱したけれど、こんな細い腕のどこにと思うほど強い力で湊を抱き締めながら、祖母の操《みさお》は何も言わず、ただ温《ぬく》もりを確かめるかのように何度も背中をさすってくれた。それから。

「よく頑張ったね」

あとから思えば祖母はあの時、そう言っていたのだろう。その頃の自分はまだ日本語を理解していなかったけれど、響きや口調から伝わってくる思いに胸を打たれて、湊は声もなく少しの間泣いた。

後年聞いた話によると、祖母は湊がここに引き取られた直後から面会の申請を出していたらしいが、認可されるまでに一ヵ月もかかってしまったのだという。よっぽど無許可で乗り込んでやろうかと思ったよ、と祖母は笑い話のようによく語るけれど、あの日見た祖母の目元が泣き腫《は》らしたように赤かったことを湊はよく覚えている。

佐倉家の援助もあり、湊は何不自由なく学業に励み、己の能力を磨くことに専念できた。半年に一度、面会にきてくれる祖母と語らいたくて日本語も学んだし、手紙もやり取りできるようひらがなや漢字も習得した。十二歳を迎えてからは里帰りを許されるようになったので、湊は年に一度、年末から新年にかけて一人で祖母の家を訪ねた。

母親と別離させられた湊にとって、操が傾けてくれる愛情は何よりの支えになった。——口が悪くて手も早くて、イタズラ好きな気質には悩まされもしたけれど、楽天的であっけらかんとした性格や、大胆で向こう見ずな気性に触れていると、知らず笑顔になっている自分がいた。湊にとっての家族は、いつしか操を指すようになっていた。

環境面で湊をサポートしてくれた理事もけして悪い人ではなかったが、顔を合わせるのは年に数回程度だったろうか。引き取られてからの会話もたいして多くはない。ともすれば存在すらも、たまに忘れられていたほどだ。やはりクラシックは、根本的にサラブレッドとは感覚や考え方が違うのだろう。長命なシュナイダー家や理事にとっては十年など瞬きする程度の時間かもしれないが、湊にとってはかけがえのない思春期であり成長期だった。

理事の気紛れな計らいで母親とも何度かアカデミーで対面したけれど、目にするたびに大きくなる息子に母親は喜びよりも戸惑いの方を大きく感じていたらしい。最後に会ったのは湊が十三歳の時だ。あれ以来、母親からの音沙汰はない。

もし次に会ったとしても、母親は成長した湊に気づかないかもしれない――。でも祖母は違う。いちばん多感な時期を見守ってくれていた祖母だけが、湊にとっては身近な「家族」だった。

学舎の面々のうち何割かは湊の容姿や境遇を揶揄《やゆ》の火種にする輩《やから》だったが、少数ながら友人にも恵まれたおかげで、湊はそれなりに充実した日々を送った。おかげで学業にも身が入り、この夏にアカデミーでの修士課程を飛び級で終えたところだ。

ひとつの区切りとして意識していた目標を達成したまま夏休みに入り、アカデミーでの博士課程に進むかどうかのんびりと考えていた湊のもとに、「たまには顔くらい見せな」という祖母からの手紙が届いたのが九月の終わり。課程に身を置いているうちは外出もままならないので、湊は気分転換も兼ねて十月の半ばにこの地を訪れたのだ。それが祖母の作戦とも知らず——。

「あんた、まだ成熟してないんだって？」

空港で会うなり、開口いちばんに聞かされた台詞《せりふ》がこれだ。

「まだだけど、それが何？」

すげなく答えた孫に「ほーら、言わんこっちゃない」と大げさに天を仰《あお》ぐやいなや、操は素早い動きでショルダーバッグとキャリーケースとを湊の手から奪い取った。それをカラカラと出口に向けて引っ張りながら、いつものようにまくし立てられた機関銃トークを聞く。

「まったく、このまま行かず後家《ごけ》になるつもりかい？　そんな体《てい》たらく、あたしが許すわけないだろう。向こうにはとっくに話をつけてあるからね。しばらくはこっちで暮らしてもらうよ。だいたい、あんな閉鎖的なところにいるから成熟が遅れるんだよ。まあ、成熟前なのはこの際、幸いだ。こっちにいる間に伴侶を見つけるんだね」

「は？」

「そのための助力は惜しまないつもりだよ。なーに、大船《おおぶね》に乗った気でいりゃいい。天下の佐倉家だ、顔は広いよ。いくらでも良縁を授けてやるから、楽しみにしてな」

「って……え？」

「逃がしゃしないよ」

そう言って振り返るなり、祖母はニヤリといつもの笑みを浮かべた。

手に負えない悪巧《わるだく》みや、悪趣味な暇潰《ひまつぶ》しを思いついた時に決まって浮かべられるそれに。

（しまった…）

と思った時には、すでに遅く――。キャリーとショルダーを家付きのＳＰに引き渡され、財布すら身につけていなかった湊はそのまま否応《いやおう》なしに佐倉家へと連行されるはめになったのだ。

（強引というか、何というか）

何事も、思い立ったら実行に移さずにはいられないタチなのだ。このテの祖母の企《たくら》みに翻弄《ほんろう》されるのも、もう何度目だろうか。熱しやすく冷めやすい性格なのもよーく知っていたので、湊は逆らうことなく佐倉家での新生活をスタートさせることにした。

それにしても自分の知らないところで、祖母はずいぶん周到に根回しを済ませていたらしい。その日の夜にアカデミーからきたメールで知ったのだが、湊はどうやら半年の「短期留学」という名目で入国したことになっているらしい。その受け入れ先として指定されていたのが、東京都Ｍ区にある「聖グロリア学院」だった。制服などの備品も抜かりなく手配済みで、入国の翌々日から早々に登校する手はずになっているというので、湊としては校内の下見と挨拶を兼ねて今日中に足を運ぶつもりだったのだが……けっきょくは辿りつけなかったというわけで。

「先方が気を悪くしてないといいけど」

あくまでも名目上の「留学」なので、改めて挨拶にいく必要などないと祖母には言われたのだが、それでもやはり筋は通しておきたかった。こういった湊の生真面目な面を、祖母は「瑞にそっくりだよ」とよく言う。加えて「瑞は誰に似たんだかわかりゃしないけどね」とも。

どうも父や自分の性格は、佐倉家にとってはずいぶんイレギュラーな分類に入るらしい。祖母を筆頭に佐倉家の面々ときたら、破天荒《はてんこう》な者たちばかりなのだ。それぞれが残している数々の逸話《いつわ》を思い返すと、父は養子だったのでは…という疑念すら湧いてくるのだが、とはいえ父は父であの「駆け落ち」がいまでは語り草になっているのだという。

家柄やしきたりに重きを置く魔族にとって、家督《かとく》を継ぐべき長子の存在は大きい。後継者と目《もく》された者は幼い頃から自由を奪われ、何を犠牲にしても宗家として立つ心得を説かれ、ひたすら厳しく育てられるのだ。それを当然のように受け入れ、次期当主の自覚を持って一心に切磋琢磨《せっさたくま》していた瑞がまさか、とはいまでも親戚たちの口によく上《のぼ》るフレーズだ。

期待をかけた息子に裏切られた祖母の心中はいかばかりだったろう。「まったくとんだ息子だよ」といまは笑うばかりだけれど、湊に対しての思いも最初はきっと複雑だったに違いない。それでも祖母は湊に手を差し伸べ、家族たらんとしてくれたのだ。操の懐《ふところ》の深さには頭が下がる思いだ。

(そういう面では尊敬できるんだけどね)

——残念ながらあの性格だ、こちらとしては歩み寄れない面も多々ある。

十六歳を迎えた辺りから言われ続けていることでもあるのだが、祖母は何かというと湊の「成熟」

が遅いことを憂《うれ》えた。本人がまったく気にしていないのもまた悩みの種なのだろう。

魔族にはヒトと違い、「発情期《ヒート》」というものがある。これは三種の血統に共通する体内システムで、基本的に魔族はその期間外の性交では妊娠することがない。一回のヒートは約一週間で、その周期は個体にもよるがだいたい一ヵ月から三ヵ月の割合でめぐってくる。ほとんどの魔族は十歳から十三歳くらいまでに初めてのヒートを迎え「成熟体」に移行するのだが——中には例外もある。

「半陰陽」と呼ばれる存在だけは、きっちり十六度目の誕生日に初めてのヒートを迎えるのだ。

周囲の者たちが次々と成熟を迎える中、湊は焦りもせず客観的にその事実を受け止めていた。この身が半陰陽である以上、成熟が遅れるのは周知の事実だったから。だが何の変化もなく十六をすぎた時点でいちおう不審には思ったのだ。だが気に留めたのもほんの数日、クラシックの血を継いでいる影響で遅れているのだろうと教師に言われてからは気にかけることもなくなった。

周囲は「成熟」を一人前の印だというが、要は生殖が可能になるというだけのことだ。さしあたってそんな必要に迫られているわけでなし、湊にとっては本当に些細《ささい》なことでしかなかった。理事にもその点については何度か声をかけられたが、何を話したかはあまり覚えていない。遅れているというのならば、待てばやがて訪れるだろうし、こないというのならそれでも構わなかった。

『あなたはプリンセスなのよ』

母親がくり返し湊に聞かせた言葉は、この身の性質を踏まえてのことだったのだろう。

半陰陽といっても魔族の場合、一般的な両性具有の概念とは少々異なり、「雌体《したい》」と「雄体《ゆう》」という二種類がある。どちらも外見的特徴は主体となる性別のものなのだが、ヒート期間の、それもある一定の条件をクリアした場合にのみ、一時的に他性の機能が働くようになるのだ。その特質さゆえ、主体の性別とは異なる扱いを受けることも多い。

『あなたはいつか王子様に出会うのよ』

何度もくり返されたその言葉は、母親なりの思いやりだったのかもしれない。

そんな悠長なことを言っていた母親とは対照的に、祖母は何かと言うと湊に半陰陽の自覚を持つよう迫った。どうもこの国ではほかの国よりも、半陰陽を主体とは逆の性別として扱うことが多いらしい。それも成熟を前に「許婚《いいなずけ》」を定めるのがあたり前とされているのだという。

成熟が遅れているだけでもヤキモキしていた祖母だ、湊がいつまでもフリーでいるのが気になって仕方がないのだろう。その思いが高じた結果、今回の事態となったのは明白だ。

（さて、今回はいつまでもつかな）

実は以前にも、アカデミーに大量の見合い写真を送りつけられたことがあるのだが、その時は一ヵ月ほどを境にすべての話が立ち消えになった。あの時はナントカという俳優に夢中になって、その追っかけに忙しくなったから手を引いたのではなかったろうか。

恐らく今回も、そう長くはもたない。——わざわざこちらに呼び寄せてまでこんな計略に巻き込むとは思わなかったが、要は道楽の一種。湊の身を案じる気持ちに嘘はないのだろうが、その手段はいつもあくまでも、暇潰しの一環として位置づけられているのだ。だからこそ湊も気楽に付き合おうかという気になれる。これも祖母孝行のひとつではないか、と。

(——ところで…だ)

これだけ歩いても目的地に辿りつかないというのは、はたして何のマジックなのだろうか？

彼と別れてからもうずいぶん歩き続けている気がするのだが、どこまで進んでも似たような風景が続くばかりで教えられた道標に行きつく気配はない。夕闇はもはや、ただの闇だ。街灯がなければ一人歩きが憚《はばか》られるほどの夜道を歩きながら、湊は内心だけで首を傾げた。

ひとつのことに夢中になると、わりと周りが見えなくなるタチだ。一心に考え事をしていたせいで目印を見落としてしまったのかもしれない。誰かに道を訊ねようにも、周囲に人影はなかった。とりあえず人の多い場所に一度出ようと、木立ちの中に設《しつら》えられた階段を昇りかけたところで。

「あっ」

中途の段に足を取られる。咄嗟《とっさ》に手すりに手を伸ばすも、指先はわずかな差でかするだけに終わった。グラリと傾ぐ体。湊はあっという間に宙に放り出されていた。

(まずい…っ)

たかが五段程度の高低差だが、無防備に背中から叩きつけられたら怪我《けが》は必至だ。打ちどころが悪ければもっと悪い事態もあり得る。背筋に戦慄《せんりつ》が走るもなす術《すべ》はない。見開いた目に流れる景色がただ映り込むだけだった。一瞬の出来事のはずなのに、まるでスローモーションを見ているかのように視界がじわじわと暗い空と木々とで埋め尽くされる。

「―――…っ」

衝撃に備えて、目を瞑《つむ》った直後――。

「Be careful」

吐息が耳元をかすめるほどの距離で、湊はしっとりとした甘い声を聞いた。

（え……？）

気づけば落下は止まり、覚悟していた痛みもどこにもない。ただ、脇の下と曲げた膝の裏、それから左半身に軽い衝撃があっただけで。

「Are you ok?」

問われて詰めていた息を反射的に吸うと、香水とは違う清潔感のある匂いが鼻腔《びこう》をくすぐった。

誰かの手によって抱き止められたのだとそう理解できるまで、湊は自分を支えている腕を呆然《ぼうぜん》と見ているしかなかった。薄闇の中でも目立つ金糸のパイピングに白く長い指。深緑色のブレザーに包まれた両腕は、軽々といった調子で湊の体を支えていた。

「……な、んで」

思わず呟きながら顔を上げると、息を呑むほど間近でこちらを見ている黒曜石の瞳と目が合った。

こちらが日本語を喋《しゃべ》ったことに驚いたのか、一瞬だけ丸くなった目がすぐにまた笑みで緩む。

「間に合ってよかった。あなたの体に傷がつくなんて、俺には耐えられないな」

そう囁《ささや》きながら、湊の体を軽く抱え直す。

（っ、て…）

その段階で初めて湊は、自分の置かれている状況を正しく認識した。しかもよりによって、これは「お姫様抱っこ」というやつではないか？

さながら騎士《ナイト》のごとく、彼は湊の痩身《そうしん》を抱きかかえていた。

そう気づいた途端、カッと首筋が熱くなるのを感じた。

「お、降ろして…っ」

紅潮した顔を見られまいと俯きかげんにそう囁くと、彼はひょいと湊の体を地面に降り立たせてくれた。だが、地に足がついていないような心もとなさがあって、すぐにその場でよろけてしまう。傾《かたむ》いた背にさりげなく掌を宛がいながら、彼はもう一度「よかった」と吐息交じりに零《こぼ》した。

「どうしてここに…」

反射的にそう口にしてから、湊は逡巡《しゅんじゅん》ののちに思いきって顔を上げた。一段差で向かい合っている互いの目線が、ちょうど釣り合う。

（──あ）

途端、軽い眩暈《めまい》のようなものに襲われて、湊は彼の手がさらに背中に食い込むのを感じた。

「実は俺もこの公園で待ち合わせしてるんですよ。でも、あなたがあまりに何度も視界を横切るからまた迷ってるのかなって思って。失礼ながら追いかけてきたんです」

（……やっぱり）

再び迷子になっていた我が身の状況に新たな羞恥《しゅうち》を覚えながら、湊はすっかり熱くなった頬に両手を添えた。蚊《か》の泣くような声で「ありがとう…」と呟くのが精一杯だ。

「どういたしまして」

ちなみに第一駐車場はあっちですよ、と自分が向かおうとしていた方向とは逆の方向を示されて、湊はますます頬が熱くなるのを感じた。だがこちらの挙動に頓着《とんちゃく》したふうもなく、彼は「失礼」と断ってから支えている手を離すと、その場にゆっくり膝を折った。

街灯に照らされたタイル製の階段にじっと目を凝《こ》らす。

「ああ、あそこの敷石がずれてるんだ」

湊が足を取られた原因を指差してから、パチンと何気ない仕草で指を鳴らす。と、一瞬前まで何もなかったその空間に突如として大きな林檎《りんご》の木が出現した。

「え?」

太い幹に立派な枝ぶり、その先にはいくつもの赤い実がたわわに実っている。

「うん。こうしておけば、しばらくは誰も転ばないで済むんじゃないかな」

この公園は子供の利用も多いから、と満足そうに微笑みながら彼が膝を叩いて立ち上がる。その瞳はうっすらとした発光を帯びていた。

「――――…」

突然の事態に言いたいことはいくつもあったが、あまりにも多すぎるそれに、湊はけっきょく声を呑むことしかできなかった。

(幻視《イリュージョン》……)

これが彼の持つ能力なのだろう。何もない空間に思うままの幻影を作り出す能力——そういったイリュージョニスト自体はアカデミーにも数人いた。彼らの能力を目の当たりにしたこともある。だがここまで完璧な「作品」を見るのは初めてだった。

脳内に描いたイメージをそのまま具現化する『幻視』に何よりも必要とされるのは、写実性とイマジネーションだと聞いたことがある。どこまで鮮明で正確なイメージを持てるか、さらにはそれを濃くはっきりと、まるで本物のように見せるにはかなりの魔力も必要とされるのだという。

目の前でワサリと実を蓄《たくわ》えているその様は、まさに本物の「林檎の木」だった。伸び上がって手を伸ばせばいまにも林檎の実が手に入ると、きっと誰もが錯覚するだろう。その完成度の高さも特筆すべきだが、これほどの所業を彼は難なく、容易《たやす》く、一瞬でやってのけたのだ。これほどの能力者なら普通はアカデミーに在籍していなければおかしい。

(——もしかして…)

彼の目が作品に向いているのを確認してから、湊はポケットから取り出したミニコンパクトで手早く自身の目の色を確認した。能力を行使すると、魔族の瞳はうっすらとだが明るくなる。

知らぬ間に自分の力『増幅《アンプリファイ》』を使っていたのではないか——そう思ったのだが、危惧《きぐ》していた兆《ちょう》候《こう》はない。ということはこれはすべて彼の能力によるものなのだろう。

それだけでも驚きだというのに、それほどの力を何の躊躇《ためら》いもなく、こんな場所で行使する軽率さを彼はわかっているのだろうか。いつ、誰に見られるとも知れないこんな公共の場で。

しかも、林檎の木は硬い敷石から直接幹を生やしているのだ。どんなにイリュージョンが立派で、本物にしか見えなかったとしても。

「タイルからじかに生えてるのは、ちょっと違和感が…」

苦言を呈した湊に、彼が笑顔で振り返る。

「あ、そっか。んー……じゃ何にしよう」

そう言いながらまたパチンと指を鳴らす。すると林檎の木が一瞬で大きなスノーマンになった。

「それも季節が…」

「だよね。何かいい案ないかな」

指を鳴らすたびに次々と切り替わるイリュージョンの嵐に、湊は慌てて彼の腕を引いた。こんな人目のある場所で軽はずみに能力を使うのは、どんな国の魔族だって禁じられているはずだ。

「誰かに見られたら…っ」

言ってるそばからジョギング中の男性が一人、階段の上に現れる。

「ああ、そうだね」

にもかかわらず、彼はまたパチンと指を鳴らしてみせた。

ランニングスーツに身を包んだ男性の真横で、赤いポストが巨大な招き猫へと変わる。だが目を瞠った湊の目前を、男性は何事もなかったように通りすぎていった。この国の人々はよほど目が悪いのか、それとも肝《きも》が据《す》わっているのか――。疑問符と感嘆符とを交互に頭上に浮かべていると、彼はすぐに「結界だよ」と種明かしをしてくれた。こちらからは見えるが向こうからは見えない、そういう膜《まく》のようなものをこの片隅にだけ張っているのだという。

「そういう使い方もできるんだ…」

「うん、だから安心して。これがある間《あいだ》は誰にも見えないし、近づいてもこないから」

「じゃあ、この結界だけ張っておけば…」

「残念ながらあまり長くは維持できないんだ。でも、簡単な幻覚なら三日はもつから。もちろん根本的な解決にはならないけど、少なくともあなたのような目に遭《あ》う人を少しは減らせる」

どうやら本気でそう言っているらしい。

黒い瞳には相変わらず、下心や打算といったものが見えない。

(なんて――…)

ちょっと的外れな、けれど素朴な思いやりに充ちた優しさはまるで、無垢《むく》な子供の思いつきのようだった。湊に最初に声をかけたのも裏表のない親切心だったのだろう。

(真っ直ぐというか、純粋というか)

薄暗い通路で月光を浴びる彼の姿が、急に眩《まぶ》しく感じられた。

「どうしようかな」

招き猫が、今度は西洋の甲冑《かっちゅう》に変わる。迷走するイマジネーションに、湊はしばし思案してから、もう一度彼の腕を引いた。要はここにあってもそれほどおかしくない物があればいいのだ。公園にあっても浮かないものといえば。

「えーと、彫像とかモニュメントとか…」

「あ、なるほど」

イメージしやすいものといえば有名像のレプリカ辺りだろうか。例としてダビデ像を挙げると、彼はまたふわりと花のような笑みを浮かべた。

「でも、俺の好みとしてはこっちかな」

指先の合図で、甲冑が一瞬で大理石の彫像に変わる。スケールは実物より小さいが、腕のない女性像を前にして湊は改めて目を瞠《みは》った。

「古代王よりは、女神の方がずっと素敵じゃない？」

「……うん」

薄闇の中で淡く発光しているかのように見える、柔らかな曲線。

それは林檎の木同様、指を伸ばせば冷たい素肌に触れられるだろうとそう確信できるほどの出来映えだった。大理石の質感すらが正確に再現されている。だがこの精巧さは、逆に人目を引いてしまうかもしれない。

「彼女じゃちょっと有名すぎかも。注目を集めたいわけじゃないし…」

(この際、直球勝負がいちばんかな)

湊の助言のもと、またパチンという音とともにヴィーナス像が今度は小さな看板に変わる。まるで最初からその場に置かれていたような自然さで、段に立てかけられた鉄製のプレート。そこには「足元注意」の四文字がある。

「ああ、最初からこうすればよかった」

感服したように呟く彼の横で、湊は違う意味で感嘆を覚えていた。

(これが三日もつ?)

幻視の正確さといい、アカデミーにだってこの若さでこれだけの能力者はそういないはずだ。

「君は、いったい……」

知らず口にしていた呟きを掻き消すように、彼のポケットで携帯が鳴った。もしもし、と応対した彼の声に被《かぶ》さるように、隣にいる自分のもとにまで相手の舌っ足らずな女声が聞こえてくる。

『いまどこ? 待ち合わせ場所、あたし間違えてないよね?』

「ああ、ごめん。すぐにいくね。もう少しだけ待っててくれるかな」

そういえば待ち合わせをしていると、先ほど聞いたばかりなのを思い出す。自分のために時間を取らせてしまった罪悪感と、それからなぜかほんの少しだけ優越感めいたものが胸の隅に生まれて、湊は不可解な感慨に唇の両端を引き結んだ。

(何だろう、この気持ち……)

きっとデートの約束でもしていたのだろう。あたり前だがこの顔でこの人柄だ、引く手数多《あまた》の身に違いない。貴公子然とした雰囲気と振る舞いに、優美な物腰、柔らかな物言い――。

『あのね。今日はリナがエグゼクティヴスイート取ったんだって、すごくない？　人数増やす？』

「それもいいね」

『って言うと思って、もう二人呼んじゃった。５Ｐくらい、余裕でしょ？』

（え……？）

空耳かと思って慌てて彼に目をやると、「うん、超余裕。今夜も楽しめそうだね」と品のいい笑みが浮かべられるところだった。その後も耳を疑うような会話が続き、思わず背筋を硬直させてしまう。そのあまりの内容に、湊は自身までが彫像と化したような心地を味わった。

「先週ヤッた、セリナちゃん？　覚えてるよ。彼女のテクニック、すごかったからね」

『そんなのユリだって負けてないもん！』

「うん、ユリちゃんの体も気持ちいいよ。ものすごくね」

そんなことを平然と口にしながら、湊と目が合うなりまた鮮やかに綻《ほころ》ぶ表情。

（……えーっと）

典型的な魔族の「言動」に、湊は気づいたら重い溜め息をついていた。

ヒトと比べると、魔族の貞操観念は恐ろしく低い――。体質上、ヒート時以外はリスクを負わずに快楽だけを追求できるのだからそれも当然の堕落かもしれないが、年齢や男女をも問わず火遊びに勤《いそ》しむ輩は多い。彼もその一人なのだと知れた途端、寸前までまとっていた眩しいほどの輝きがあっという間に色褪《あ》せていった。

勝手に抱いていたイメージを裏切られたからといって嘆く権利もないが、それでもどうしようもなく胸に広がっていく空虚な気持ちに、湊はそっと唇を噛《か》み締めた。

「駐車場まで送りますね」

いつの間にか通話を終えていた彼が、携帯をポケットにしまいながら促すように進路を指し示す。またすいっと差し伸べられた手を、湊は気づいたら思いきりよく振り払っていた。

「けっこう」

パン、と手を打つ乾いた音が響く。

「乱交の相談とは、ずいぶんな身分だね」

自分が口を出す筋合いではないと、頭ではわかっているのに口が止まらない。

「まさか、制服のままホテルにいくつもり？　学生がそんな体たらくでいいとは思えないけどね」

「だめかな。いつもこんな感じなんだけど」

「いつも…？」

「うん、いつも」

邪気の欠片《かけら》もない、真っ直ぐな笑顔で肯定される。

「……よくないって思ったことはないの？」

「どうして？」

小首を傾げながら不思議そうに反問する彼に、思わず言葉を詰まらせてしまう。

彼の態度はまるで無知な子供のそれだ。このまま対話を続けても、恐らくは堂々巡りだろう。それでも何か言わずにはいられなくて、湊は一息ついてから愁眉《しゅうび》を開いた。

「――もっと自分のこと、大切にしなよ」

「え？」

「自分を大事にできないやつは、他人のことも大事にできないんだよ」

それは昔、祖母に言われた言葉だった。母親と引き離されて半年後、自分の境遇に少しだけ自暴自棄になっていた頃に、アカデミーを訪れた祖母に頬を張られてそう諭《さと》されたのだ。

『おまえが自分を蔑《ないがし》ろにするたび、傷つく人だってたくさんいるんだよ。おまえの幸せを望む者たちを、おまえはそうやって傷つけてるんだ』

上級生に生まれをからかわれたとか、発端は些細なことだったと思う。母親譲りの何もかもが嫌で、発作的にナイフでずたずたにした髪を祖母はひどく嘆き悲しんだ。悲嘆に暮れる祖母の表情を見て、湊は自分が愛されていることを実感したのだ。

「自分を安く切り売りするなんて、もってのほかだよ。君の生活ぶりに心を痛めてる人だってきっといるよ？　自分の振る舞いが誰かを傷つけてるとは思わないの？」

彼の生活態度を責める謂《いわ》れなんて自分にはないけれど。

「少なくとも、俺は…」

そこまで言いかけてから、自分の言葉の無意味さに気づく。

そうあって欲しくない、なんて。そんなこと言う権利どこにもないのに。

(俺、なんでこんな…)

慌てて横を向いて口を閉ざすと、湊は引き結んだ唇に片手を添えた。するとそれまで静かにこちらの言い分を聞いていた彼が、すっと息を吸う気配が伝わってくる。

「――っ、ごめん聞き流して」

発されそうだった言葉を手を上げて押し留めると、湊は傍《かたわ》らに視線を逃がしたままもう一度小さく「ゴメン」と呟いた。こんなところで説教される覚えなどないと、わざわざ言葉にされなくてもよくわかっている。

「助けてくれて本当にありがとう。――それじゃ」

彼の口からこれ以上一言も聞きたくなくて、湊は一気にまくしたてると即座に背中を向けた。

「あ、あの――」

追いかけてきた言葉を遮《さえぎ》るようにまた彼の携帯が鳴る。それを幸いに、湊は全力疾走で舗道を駆け抜けた。奇跡的にもすぐに辿りつけた駐車場で、祖母が寄こしたファントムに乗る。

「すぐに出して」

彼が追いかけてきているはずもないのにそう運転手を急《せ》かすと、湊は後部座席のシートに深く身を沈めた。走ったせいで、荒い呼吸が抑えられない。だがその呼吸音以上に、早鐘のように鳴る拍動の方がやけに耳について仕方なかった。

ドキドキと止まらない激しい鼓動は、たんに走ったせいなのか、それとも己の偉そうな行為を悔いているからか。熱くなった頬を両手で庇《かば》いながら。

(何なんだよ、もう…)

治まる気配のない高鳴りに、湊はギュッと強く目を瞑った。

あとから思えば、それがすべてのはじまり——。

2

「あっは、信じられない…！」

昨日の顛末《てんまつ》を話し終えるなり大爆笑をはじめた友人の気が済むまで、ゆうに五分はかかったろうか。

（五分も笑うって根気いるよね…）

もしくはそれほどに自分の珍道中は抱腹絶倒だったのだろうか。

あー可笑《おか》しい、と目尻の涙を拭《ぬぐ》いながら、椎名真芹《しいなませり》は手にしていたペットボトルの蓋《ふた》をひねった。

彼女と同じクラスに配属されたのは幸運だったなと思う。真芹とは顔見知り以上の仲なので祖母の采配かもしれないが、湊にとって彼女は気の置けない友人の一人だ。

「二年ぶりだけど変わらないね。人の不幸を笑い飛ばす趣味」

「あらやだ、同情して欲しかった？　その方が何倍も惨《みじ》めだと思うけど」

「……かもね」

クスクスとまた小さく笑いながら、真芹が口元を白く小さな手で覆《おお》う。

蘇芳《すおう》色の鮮やかな髪色に澄んだ緑眼、色白の肌に薔薇《ばら》の花弁を思わせる唇の色づき――。少し幼い顔立ちともあいまり、真芹は黙ってさえいれば人形のような愛らしい容貌をしている。

彼女とは約半年間、ルームメイトだった間柄だ。そもそものきっかけはアカデミーの事務手続きの不手際にあった。短期留学でやってきた彼女の寮部屋として指定されていたのがなぜか湊の部屋で、初日に思いがけず意気投合したことや、彼女が雌体の半陰陽だったことなどもあり、ともに成熟前なら間違いもないだろうとそのまま同室として受理されたのだ。

それにしてもアカデミーなら飛び級もあるし、様々な年代が混在しているので年齢の違うクラスメイトなどざらにいたのだが。

「まさかここで一年に配属されるとは思わなかったな…」

真芹をはじめクラスメイトたちはみんな、湊より二歳は下ということになる。

「あら、精神年齢で振り分けたんじゃない？　だってあなた、まだ成熟してないんでしょ？」

「放っといてくれる？」

「まさか十七を超えてまで未成熟だなんて、誰も思わなかったでしょうね」

おばあさまの心労がよーくわかるわーなどと言いながら、真芹がわざとらしく額に手をあててみせる。真芹は祖母ともわりに仲がいいらしく、意外な話が筒抜けになっていたりするので油断がならない。だいたい彼女のせいで湊は一躍、有名人になっていたのだ。

——一夜明けた今日、湊は正式にグロリア学院の生徒になった。昨日の轍《てつ》を踏まえ、今日は佐倉家の車で登校したので朝のうちに滞りなく手続きも済み、最初のHR《ホームルーム》で配属クラスへの自己紹介も無事に終えられたのだが、クラスメイトたちはすでに湊のプロフィールを熟知していた。

（むしろ全校中が、ね）

四方から突き刺さる視線と、背後から絶え間なく聞こえてくるヒソヒソ声。「留学生」という滅多《めった》にないらしい枠で編入する点や、この容姿だから多少の注目は浴びるだろうと覚悟はしていたが、さすがにここまで渦中の人にされるとは思っていなかったので。

「落ち着かないんだけど…」

おかげで湊は、朝からずっと戸惑いの中にいた。

「それは仕方ないんじゃない？　クラシックなんていまや、稀少生物みたいなものだし」

「あのね。色素が薄いだけで、体質は完全にサラブレッドだよ」

「あーら、よく言うわ。成熟前のくせに」

「……意味わかんないし」

二時限目の休み時間という中途半端な時間帯にもかかわらず、教室前の廊下はすでに見物客で溢《あふ》れ返っている。それもこれも、真芹が留学生について事前にあちこちで吹聴していたせいだろう。どうもずいぶん早くから、真芹は編入のことを祖母から聞き及んでいたらしい。

「本当におばあさまも心配でならないでしょうね」

「どういう意味？」

「いままで十七年も生きてきて、好きな人の一人もいなかったわけ？」

「別に……ていうか、それが何か問題？」

「あ、ねえ。初恋経験の平均年齢って知ってる？」

その後も質問に質問で返され続けて、湊はこれ以上の詮索を諦めた。真芹に話す気がないのならこれ以上訊いても無駄だ。煙に巻かれ続けるのに飽きて口を噤《つぐ》むと、真芹は呆れたように息をついた。

「何にせよ、注目されるのはいいことよ。出会いなんてどこに転がってるかわからないんだから」

「注目ね。クラシックとのハーフがそんなにめずらしいもの？」

アカデミーでの詳細は湊の能力の性質上伏せられているので、周囲が知っている情報は湊の身の上や体質に関するものばかりだった。『増幅』なんて本人には何の得もないが、第三者に悪用される恐れだけはやたらとあるので、普段から口外しないように厳命されている。

「それとも、成熟前の半陰陽だから？」

「それもあるんじゃない。それにあなた名家の血を引いてるわけだし、『花婿《はなむこ》募集中』の身でしょう？　それにクラシックの半陰陽は名器だなんて噂も…」

「それ、真芹が流したんだろ」

「あーら、どうかしら」

オホホホ、と高らかな笑い声が響いたところでチャイムが鳴った。廊下にひしめいていた野次馬たちがようやく散りはじめる。少なくとも今日一日はこんな状態が続くのだろう。下手すれば明日も、明後日も、そのあとも——。軽い興味程度の好奇なら数日の我慢だと思えるけれど、下卑《げび》た視線や好奇心に振り回されるのだけはごめんだ。節操のない輩はどこにでもいる。

（噂に踊らされたバカが出てこないといいけど）

　だが湊の願いも空しく、その後の昼休み、湊はくり出した食堂でくだらないナンパの嵐に見舞われた。国が違っても、魔族のスケベ根性はどこも変わらないらしい。

　恥ずかしげもなく夜の誘いをかけてくる連中に、はじめのうちは「くだらない」「いっぺん死んでくれば？」と冷たく対応していた湊だったが、その数が二十を超えてからはさすがに閉口した。アカデミーでも声はかけられた方だが、取り澄ましたエリートたちに比べると、この学院の生徒たちの態度はあまりにもあからさまだ。風紀的にはこちらの方が乱れているのだろうか。

　気持ちよければ、いまさえよければそれでいい――。そういう刹那主義に留まらず、快楽に執着し、それだけを追及しようとする魔族の享楽主義には、とてもじゃないが付き合えない。

「――ホント馴染めないんだよね、そういう風潮…」

　人波で溢れた食堂を諦め、湊は真芹に宛がわれている専科棟の一室でぐったりと肩を落とした。

「みんな、気軽に声かけてくれてよかったじゃない」

「本気で言ってる？」

「やーね。適当にあしらえばいいのよ、あんなの」

「そういう問題じゃなく、色眼鏡で見られるのに寒気がするわけ」

「慣れよ、慣れ」

「……そういう問題かなぁ」

「相変わらず潔癖ね。あの佐倉家の血を引いてるとはとても思えないわ」

感服したように頷《うなず》いてから、真芹が食後の紅茶を傾ける。

授業中は結い上げられていた蘇芳色の髪が、いまはふんわりと華奢《きゃしゃ》な肩を覆っている。艶を帯びたエアリーな巻き毛は真芹のトレードマークでもあった。豪奢なソファーにちょこんと腰を下ろし、そうやってソーサーを持ちながら紅茶を口にしている姿は本当に可愛らしく清楚《せいそ》にすら見えるのだが、いったん口を開くとこの人形は可愛くないことばかりを言い募る。

「でもそーいうタイプって、一回ヤッちゃうとビッチになったりするわよね。まあ、バージンなんてさっさと捨てとくに限るわよ」

柔らかなウェービーヘアーを掻き上げながら、真芹がニッコリと愛らしく微笑む。

「ああ、でも初めてはビギナー以外を選んだ方がいいわ。あんまり経験豊富なのも考えものだけどたとえば彼みたいに――と、真芹がふいに窓の外を指差した。

裏庭の繁みをちょうど横切ろうとしていたシルエットに、思わず「あ」と声を上げてしまう。

「あれはタチ悪いからお勧めしないわ。もしアプローチがあっても断りなさいね」

確かに、タチの悪さについては折り紙つきだろう。

両腕に二人の女子を絡みつかせながら歩く彼の笑顔は、昨夜と違《たが》わず上品で甘い。だが悠々と歩く三人の着崩れた制服を見れば、ナニをしていたかは訊かずともわかる。

「学年一、ううん、学院一かもしれないわね。彼の手癖の悪さときたら、それはもう…」

「知ってる」

「え？」

　昨日の顛末で声をかけてきたのが彼だとそう告げたら、真芹は何とも言えない表情で口を噤んでから、ややして「そう」と吐息交じりに零した。

「――まあ彼の場合、性格もあると思うけど、生まれも多少は影響してるんじゃないかしらね。あんまり知ってる人いないんだけど、彼もクラシックの血が入ってるのよ。あなたとは違って四分の一だけどね。母方の祖父がクラシック・ヴァンパイアなんですって」

　一般にクラシックの方が「性欲」が強いとはよく言われる話だ。自分に置き換えるとあまりピンとこない話なのだが、そういう傾向があるのは確かなことらしい。「サラブレッドよりもさらに色を好むクラシック」とはよく聞く話だ。実際、湊が知っている母方の親類や理事たちもそういった方面ではひどく奔放《ほんぽう》だった。母親の、内向的で晩熟な性格の方がめずらしかったと聞いている。

「彼にとって、体を繋ぐのはコミュニケーションのひとつなんでしょうね。来る者拒まずで誰にでも腕は開くんだけど、去る者はいっさい追わないから。彼に恋をする子たちは大変そうよ」

「……だろうね」

　隣の子と唇を触れ合わせて笑う彼から目を逸らすと、湊は手にしたティーカップに視線を落とした。その様子を真芹が見守っていたのには気づかないまま、じっとカップに目を凝らす。

「あの容姿だから彼を狙《ねら》ってる子は無数にいるわ。声をかければカラダは手に入るしね、それはもう簡単なくらい。でもいまだかつて、彼のハートを射止めた者は一人もいないのよ」

「そういう主義？」

「さあね。恋を知らないだけじゃない？」

可哀想な子、と呟いてから真芹はティーコージーを被せたポットに手を伸ばした。

「――彼に興味ある？」

「ない」

「名前は各務隼人《かがみはやと》。国内じゃ有名なヴァンパイア御三家のひとつ『各務』の長男よ。クラスは隣。双子の姉がいて、そっちの方はあなたと張るくらいの潔癖ね。性格は一言で言えば、罪作りな天然」

「や、だからないって…」

「男相手の遍歴《へんれき》は知らないけど、そこそこあるんじゃないかしら？　女相手ならもう毎日のように、取っ替え引っ替えよ。あれで成熟してたら何児の父か知れないわね」

「え、成熟前？」

「あら、やっぱり興味あるのね？」

「……別に。ちょっと訊いてみただけ」

「嘘つき。顔に書いてあるわよ」

「え？」

鎌かけに引っかかったことを知ったのは、熱くなった両頬を隠してからだった。動揺が表情にも出ていたのだろう。こちらの顔を覗き込んでくるなり、真芹がニヤッと人の悪い笑みを浮かべる。

「おばあさまにはオフレコにしておいてあげるわ」

「べ、別にそういうわけじゃ…っ」

「はいはい、ツンデレはいいから聞きなさいよ。四分の一とはいえ、彼もクラシックの血縁よ。だからまだ未成熟ってわけ」

「あ、だからか」

あっさり納得した湊になおも視線を留めながら、真芹はなぜか「困った人たちね…」と唇を尖らせた。熱い紅茶をカップに注ぎ足されながら、もう一度窓辺に視線を流す。彼の姿はもうそこにないけれど、何となく気配の余韻《よいん》のようなものが残っている気がした。

気にしているつもりもないし、そんな筋合いもないのに。

（まただ…）

彼のことを考えると、トクトクとした鼓動音がなぜか耳について離れなくなる。

鼓動が乱れるのもすぐに頬が熱くなるのも、たぶん昨夜の公園で体を冷やしたせいだ。きっと本調子じゃないのだろう。昨夜から下がらない微熱といい、風邪の初期症状に違いない。

そう断定すると、少しだけ気持ちが落ち着いた気がした。

熱い紅茶を一口含んでから、ふうと小さく息をつく。それから――。

「ところで、ツンデレって？」

先ほどから気になっていた点を真芹に質《ただ》してみると。

「あーも、ホント面倒くさい…」

なぜか溜め息交じりに却下されてしまった。


その日の放課後、湊は佐倉家が裏門に回したファントムに乗り込むと祖母と待ち合わせている店に向かった。本家筋の誰だかが経営する料亭で、ともに夕食を取る約束をしていたのだけれど。

（おかしいな…）

店の者に案内されるまま、通された一室で待つこと一時間――。いっこうに祖母が現れる気配はなかった。にもかかわらず二人前の料理が運ばれてきてしまったので、湊は留守電に切り替わるばかりの携帯を諦めて箸《はし》を手にした。せっかくの料理が冷めてしまうのは忍びない。

「勝手にいただきます」

そうして半分ほどに箸をつけたところで、ふいに正面の襖《ふすま》がすらっと開いた。祖母かと思って持ち上げた視界に、見たことのない男の姿が映る。

「――どちらさまですか」

無駄にラグジュアリーな装いの男はいかにも料亭の客らしいが、少なくとも湊の知る顔ではない。部屋を間違えたのだろうか。だが、誰何《すいか》も気にかけず入室すると、男は後ろ手に襖を閉めてしまった。あろうことかそのまま、祖母のための席に腰を下ろしてしまう。

「はじめまして。三島《みしま》と申します。——実は、代打を言いつかりましてね」

「え？」

その直後に、湊の携帯に操からのメールが入った。

どうしても外せない所用ができたとのことで、知人であるこの男を代わりに寄こすというその内容にいちおうは事態を把握するも、見知らぬ他人と卓を囲むのはあまり気が進まない。しかし、よくよく見れば、見覚えだけはある顔だった。確か、この国では名の売れている俳優のはずだ。以前、祖母が肩入れしていたのはこの男じゃなかったろうか。

飴《あめ》色の髪にブルートパーズのような水色の瞳。顔立ちは確かに甘く整っているし、まとっている雰囲気も柔らかいが、どことなく胡散《うさん》くさい匂いが漂う。穏やかな口調も、何もかも。

（演技っぽいっていうか）

祖母とは好みが合わないな…と思いつつ、湊は仕方なく男と向かい合って料理に手を伸ばした。こうなったら早々に食べ終えてこの場を辞すしかない。

「干支《えと》が同じ。ということは、ちょうどひと回り違うんですね」

「え、ああ……そうですね」

「僕も十二年前はグロリアに在籍してましたよ」

「そうですか」

「あの…」

「あの学校、敷地広すぎですよね。校内で迷子になりませんでした？」

「さあ、いまのところは」

「僕は在学中はバスケ部に在籍してましてね。けっこういろんな部活があるんですよ、あそこ」

「興味ないんで」

「――やれやれ、つれないですね」

にべもない返答に終始していると、ふいに三島が席を立った。中座するのかと思いきや、机を回ってなぜか湊の隣に膝をついてしまう。

「何か…？」

「いえ、もう少し親交を深めたいなと思いまして」

「残念ですがこちらにその気はありませんよ」

「いいですね、あなたのそのツンとした感じ。僕としてはかなり好みですよ」

「何の話ですか」

「ぜひとも、取り乱したところが見てみたい」

そう言いながら、伸ばした手で断りもなく髪に触れてくる。

反射的に叩き落とすと、三島はふっと唇を歪めて笑った。叩かれた手に目を留めながら、「痛いな」とニヒルに零す。その仕草や表情に不穏なものを感じて、湊は不審で顔を顰《しか》めた。

「軽々しく触れないでいただけますか」

「いけませんか？　でも許可なら、操さんからいただいてますよ」

「……え」

嫌な予感が戦慄のように背筋を駆け上がる。

慌てて立ち上がって次の間を開けると、そこには当然のように床が敷かれていた。

（こ、れは反則だろうよ…）

準備万端の様子に、遅まきながら事の次第を呑み込む。最初からすべて祖母の策略だったというわけだ。背後に忍んできた気配に飛びすさるも、素早く手首を取られて捩《ね》じ上げられてしまう。

「どうかあまり、手間を取らせないでくださいね」

「俺はこんなの了承してません」

「残念ながら、あなたの意志は関係ないんですよ」

湊の腕を引いて強引に抱き込むと、三島は制服から覗くうなじに強く口づけてきた。

全身に悪寒が走る――。

「好きにしていいと言われてます。あなたもどうせなら痛いだけより、気持ちよく処女喪失したいでしょう？　抵抗しない方が無難ですよ」

（こ、の下種《げす》が…っ）

今度は首筋を直接舐められて、怒りと羞恥とで目の前が真っ赤になった。

「……っぐ」

ほんの一瞬の隙をついて肘鉄《ひじてつ》を食らわすと、湊は慌てて廊下に飛び出した。

（み、身内が、こんな…っ）

強姦紛いのセッティングしてんじゃねーよ！　と心の中で叫びながら、いくつもの離れを繋ぐ渡り廊下を闇雲《やみくも》に走る。出口を目指そうとは思っていない。目指したところで自分には辿りつけないだろう。この窮地を救ってくれる誰か、客でも店の者でも誰でもいい、第三者に行き会うのを願ってひたすら冷たい廊下を走り続けるも、なぜか不思議なほど人影が見あたらない。

「無駄ですよ、ここらは人払い済みですから」

背後から追いかけてくる三島の声に、湊はゾクリ…と背筋を凍らせた。

コレが祖母の計略で、ココがその息のかかった店である以上、逃げ場は断たれていて当然だろう。

恋多き女で、奔放な恋愛を楽しんできた祖母にとっては、この程度のけしかけはゲームの一種なのかもしれない。こういった強引な縁談を機転や駆け引き、さらには拳骨《げんこつ》とで切り抜けた武勇伝も何度か聞かされた覚えがあった。だがそのいずれの武器も持たない湊にとって、身ひとつでこの場を切り抜けることなど不可能に近い。

（増幅なんて、ホント役立たず……っ）

あれからいくつの角を曲がり、階段を上がり、さらに下ったことか。だが、どれだけ進もうとも人の気配はまるでなかった。そのうえ、まるで迷路のような邸内をでたらめに走り回っているというのに、三島の声はつかず離れずこちらをマークしてくる。

「そう逃げ回らないでくださいよ。いきなり婚約しようなんて、性急なことは言いませんから。まずはゆっくり、体の方から知り合いましょう？」

「冗談じゃない…っ」

「おや、体の相性は大事ですよ。これが合わないと話にもならない」

勝手な持論をくり広げる声が、少しずつだが確実に間合いを詰めてくる。

（なんで……っ）

姿は見えないはずなのに、なぜこうもぴったりと背後についてこれるのか。その理由にハタと思い至って首筋に手を添えると、ブレザーの襟裏に小さく硬い感触があった。

「やっぱり…っ」

それを毟《むし》って放り捨てた途端に、チッと鋭い舌打ちが聞こえてくる。

仕込んだのは、髪に触れようとしたあの時だろう。人払いといい、ずいぶん周到に用意された計画のようだが、追っ手を撒くなら発信機を捨てたいましかない。湊は思いきって庭に降りると、暗闇と立ち木に紛れながらさらに暗い方へと進んだ。

方向感覚には自信のない湊だが、記憶力の方はかなりある。以前にも何度か連れられてきたこの店が舞台だったのは不幸中の幸いだった。

（確か、この料亭の造りは三つに区分されていたはず）

それぞれの建造物は広い庭で隔たれており、出入り口も別に設けられているが、塀や柵といったもので遮《さえぎ》られているわけではない。庭を散歩しているうちにうっかり別の区域に立ち入ってしまい、政治家の密談らしき場を目撃して祖母に大目玉を食らったのは十二歳の時のことだ。今日の仕掛けに祖母や親戚が噛んでいるにしろ、さすがに別区域の離れまでも貸し切っているとは思いにくい。

大部分が闇に沈んだ庭を靴下のまま走りながら、湊は一度だけ背後を振り返った。意識を凝らした範囲内には、少なくとも三島の気配はない。

(このまま逃げきれるだろうか…)

池を迂回《うかい》して何度も蛇行《だこう》したおかげで、自分がどちらからきたのかもすでに判然としない。このまま進んでどこに出るかもわからないが、それでも足を止めるわけにはいかない。

早鐘を打つ鼓動を宥《なだ》めながら前に向き直ったところで、湊はドンッと何かにぶつかった。

「わ…っ」

反動で傾いだ体を、伸びてきた誰かの手がぐっと支えてくれる。

「あれ、今日はこんなところで迷子?」

(——この声…)

顔を上げると、頭半分だけ高い位置から黒曜石の瞳がじっとこちらを見下ろしていた。

月明かりの映り込んだ艶めいた漆黒が、不思議そうに湊の輪郭を眺めている。

「事後? それとも、事前?」

「え」

「首に、跡が」

白い指先にトンと首筋を押されて、湊はゾクッと背筋を震わせた。

その直後に、自分を呼ぶ三島の声が思ったよりも間近で発される。気づいたら湊は、全力で隼人の腕に取り縋《すが》っていた。

「助けて！」

「え？」

「何でもするから、助けて…ッ」

同じ制服の胸に飛び込むようにして目を瞑る。

ここで隼人に見放されたら、三島の手に落ちるしかないだろう。もうあとがない。自分が何を口走っているかもよくわからないまま、湊は震える両手で隼人のシャツをつかみ締めた。

乱れたシャギーに吐息がかかって。

「――いいよ」

甘い声と同時に、指先の合図が重なる。

肩にかかる程度だった髪が、気づけば腰に届くほどの長さになっていた。アッシュブロンドから黒髪へと、色まで変わったストレートヘアを隼人の手がするりと心地よく撫でる。

「あ…」

服装も、何もかもが一瞬で変貌していた。まるで、昔読み聞かされたお伽話《とぎ》の一場面のようだ。制服は赤いベルベットのワンピースになり、湊の体のラインを膝下まで包み込んでいる。見ればご丁寧にも足元まで幻視が施されていた。——いや、もはや幻視の域ではない。エナメルシューズのヒール分だけ、近くなった瞳が濡れた艶を帯びてこちらを見ている。

「似合うね、こういう格好も」

小声で囁きながら、隼人が甘い笑みを蕩かせる。

「——……」

引力を持つ眼差しに囚《とら》われたまま、湊は瞬きすら忘れて月下の美貌に見入っていた。

月明かりしかないというのに、誰かがライトでもあてているかのように彼の周囲にキラキラとした粒子が舞っているような気がした。自然な仕草で腰に手を回されて、抱き寄せられる。隼人の体温をこれ以上なく近くに感じて、湊はまた背筋が震えるのを感じた。

「失礼、こちらにライカンの少年がこなかったかな」

すぐ背後で三島の声がしたのと同時に。

「……っ」

唇を塞がれる。

触れるだけでは済まず中まで探られて、湊は衝撃に肌を粟立たせた。

絡む舌。顎のラインをなぞる指——。

「ん……、ぁ」

口内を探っていた舌が、湊の舌に触れる。逃げる間もなく搦《から》め捕られて、湊は初めて経験する深い口づけにあっという間に囚われていた。

「ん……んっ、ン」

溢れる唾液を啜《すす》られて背筋が震える。それを感じ取ったのか、隼人が緩く湊の背中を擦《さす》った。丹念に湊を味わった唇が、ややして濡れた音を立てて外れる。

「ああ、失礼」

そこで初めて三島の存在に気づいたかのように視線を投げると、隼人は「いいえ、見かけてませんね」と首を振りながらさりげなく湊の顔を庇うように自身の胸に押しつけた。

（い、いま……キス…）

もう一言二言、言葉を交わしてから三島が納得したように踵《きびす》を返す。その足音が次第に遠のいていくのを聞きながら、湊は隼人の腕の中で人形のように固まっているしかなかった。予想だにしていなかった展開に放心状態の湊の耳元に、また甘い囁きが吹き込まれる。

「いっちゃったよ、彼」

「え、あ…」

「あの人、俳優だよね。テレビで見たことある」

何年前の主演映画がどうのと薀蓄《うんちく》が語られるのを聞きながら、湊はどうしていいのかわからずに隼人の背中に腕を回していた。

隼人のおかげで窮地を救われたのだと状況は理解できるが、思考が追いつかない。舌で探られた感触はいまだ強烈で、ともすればまだ口内にあるのではないかと思うほどに鮮明だ。先ほどの感覚をトレースするように自身の舌で歯列をなぞる。いまさらのように唇が震えた。

「もう一度してもいい？」

「え？」

「キス」

顔を上げた隙に、盗むようなキスが唇をかすめる。

「な…っ」

途端に羞恥の二文字を思い出した体が、一気に爪先まで熱くなった。

「こ、んな…」

「うん。俺もこんな美味《おい》しいキス、初めてかも」

不可解なことを言いながら、舌舐めずりした隼人がまたも口づけようとしてくる。それを身じろいでどうにかやめさせると、湊はドンと隼人の体を突き飛ばした。

「た、助けてくれてありがとう、でもこんなのは…っ」

「お礼、楽しみにしてるね」

「は？」

「何でもするって言ったでしょう？　次に会う時までに考えておくね」

真っ赤になった顔で愕然《がくぜん》と口元を覆う湊に、隼人がニッコリと品よく表情を綻ばせる。

――そこから先のことは実はあまり覚えていない。

隼人の背後から友人らしい人物が現れ、あらましを彼から聞くなりハイヤーを呼んでくれた。別邸にあった湊の鞄《かばん》や靴なども手配してくれたうえ、「災難でしたね。……いろいろと」と湊を励ましてくれた顔はよくよく見ればアカデミーでも顔を合わせたことのある佐倉の親戚筋だったが、ろくに挨拶もできないまま、湊はハイヤーに乗り込むと放心状態で佐倉家に帰りついた。

「何だ、逃げてこられたのかい」

黒髪にワンピース姿という変わりはてた姿で帰宅した孫を見るなり、祖母は悪びれたふうもなくそう言ってのけた。あまつさえ、俳優の親戚ができるところだったのに…と嘆きまでした。

「まあ、あの程度は序の口だよ。挨拶程度っていうかね」

恐ろしいことを言ってのける祖母に母国語で呪いの言葉を吐いてから、湊はぐったりする体でバスルームに向かった。隼人のかけた幻視が解けたのはバスタブに入ってしばらくしてからだった。

(触れるイリュージョンなんて初めて見た…)

指先に感じていた黒髪の感触がするすると宙に消えていくのを惜しみながら、改めて彼の能力の桁《けた》外れさを思う。幻視の域で収まる能力ではない。クリエーションとでも呼ぶべきだろうか。

能力といい、それを支える魔力といい、彼の力は別格だ。同じクラシックの血が流れている身なのに、これほどに違うものかと少し情けない気持ちにもなる。

湊も魔力はサラブレッドよりもある。能力も稀少系でアカデミーでは重宝されたけれど、今日のような時に役立つわけでもなく、むしろ弊害《へいがい》の方が大きいくらいだ。能力の覚醒直後、母親の力を増幅したせいで、近隣の住人に多大な実害を被《こうむ》らせたのはいまでもしこりとなって胸に残っている。

アカデミー内においては湊の能力も半ば公然の秘密と化していたので、容姿や境遇ではなく、湊の能力を欲して近づいてくる者も数多くいた。利用したいがために必要とされることに最初は嫌悪を感じていたけれど、それでも誰かの役に立ち、礼を言われるのは嬉しかった。いくつかの失敗を経て、悪用だけはされまいと近づく者の素性《すじょう》や能力を慎重に選ぶようになってからは、湊も少しは自分の能力を好きになれる気がしていた。

「ぜんぜん違う…」

誰かの補助に回るしかない自分とは対照的なほど、完成された能力。それを二度も間近で体感して、湊はなんだかすっかり落ち込んだ気分だった。同じクラシックの血を継いでいるというのに、我が身の不甲斐《ふがい》なさときたら情けない限りだ。それに、あれだけの能力があったら。

(彼に必要とされることはないんだろうな…)

ぼんやりとそんなことを考えてから、いやそうでなく——と慌てて迷い道に入り込んだ思考を整理する。いまは落ち込む場合ではなく、怒る場合だ。あんな目に遭ったことも唇を奪われたことも、悔しいし不覚でならない。なのに、なぜか。

三島や祖母には簡単に抱ける憤《いきどお》りが、どうしてか彼には向けられなかった。

（――たぶん誰にでもしてるんだ、あーいうコト）

いまだ感触の抜けない唇に触れながら、黒曜石の瞳を思い出す。

晩熟な湊にもわかるくらい、ひどく手慣れたキスだった。彼にとってはきっと挨拶程度のことで、たいした意味すらないのかもしれない。そう思うと原因のわからないモヤモヤが胸に広がる。彼の言っていた「次」が本当にあるかどうかもわからないし、それどころかあの調子では次に会う時まで覚えているかどうかすら怪しい。

「忘れてくれてると、いいな」

そう声にした途端に、ツキン…と胸のどこかが変に痛んだ。同時に眩暈に襲われて、体調が芳《かんば》しくなかったことを思い出す。

（……そうだ、風邪引いてたんだっけ）

体調が優れない時にする考え事はループになりやすい。そのせいで埒《らち》もないことをついグルグルと考え込んでしまうのだろう。寝る前に計った熱が昨夜よりも上がっているのを見て、湊は「風邪」を痛感した。思考が定まらないのも、体が熱いのも、背筋がゾクゾクするのも、すべてそのせい。

欠席を考えるほど重度ではないが、明日には下がってるといいなと思いつつ、湊は早めにベッドに潜り込んだ。

これが彼に会ってから、二日目の話――。

3

翌日の昼休み——。昨夜の経緯《けいい》を聞かせたら、まるで昨日の再現のように真芹に大爆笑された。笑いすぎで滲《にじ》んだ涙を指先で拭いながら、真芹が頼んでもいない感想を述べてくれる。

「こっちにきてから波乱万丈ねぇ」

「本当にね…」

溜め息の溶けた紅茶を一口含んでから、湊は疲弊《ひへい》した眼差しを窓際に逃がした。それを意味ありげに眺めていた真芹が、「そういえば…」とさらに声の調子を明るくする。

「三島って処女食いで有名らしいわよ」

「は？」

「かなりの手練《てだ》れらしいから、手放すにはいい機会だったかもしれないわね」

「本気で言ってる？」

「ええ。おばあさまもそう思ったから手配したんじゃない？　心がだめなら体からってことかしら。あの方のことだから俳優の親戚がってのも、あながち嘘じゃないとは思うけど」

「……俺はゲームの駒じゃないんだけどな」

「あら、孫の身を案じてらっしゃるのよ。まあ、退屈でいらしたのも確かでしょうけど」

何にしろ外野でいる分には面白くて仕方ないわ、と真芹が笑顔で締め括《くく》ってくれる。

(今日は何もないことを願うよ…)

真芹の言葉通りこちらにきてからずっと波乱続きなので、いささか疲れてはいる。そのうえ体調も相変わらず不調のままだ。微熱に倦怠《けんたい》感、定期的に起こる背筋の寒気と動悸《どうき》──。そろそろ風邪薬の世話になった方がいいのかもしれない。そんなことをポロリと零すと、真芹が一言「そんなの無駄よ」と言い放った。

「え？」

「それ、風邪の症状じゃないもの。それに昨夜、クスリ使われてるみたいだし」

「クスリ…？」

「そ。食事に混入されてたんじゃない？　さすがにそこまでの指示が出てたとは思えないから、三島の独断じゃないかしらね」

腰かけていたソファーから背を浮かした真芹が、向かいに腰かけている湊の輪郭を透かすようにして伸ばした手を翳《かざ》す。真芹の瞳がわずかに光を帯びた。

「──発情誘発剤じゃなくて、ただの媚薬《びやく》ね。体調のせいでずいぶん遅効になってるみたいだけど、もう少ししたら誘惑フェロモン垂れ流し状態になるわよ」

「えっ⁉」

「悪いこと言わないから、放課後までここに隠れてなさいな。じゃないと、間違いなく」

教室帰るまでに襲われるわよ？　とあっさり言われて言葉を失う。持ち上げていたティーカップがカチャン！　と派手な音を立ててソーサーに落っこちた。

「まさか…っ」

「無理に止めはしないけど。でも初めてが輪姦なんて嫌でしょ？　そうなり兼ねないわよ」

真顔でそこまで言われて、どうやら嘘じゃないらしいことを知る。――だが、言われてみれば思いあたる節《ふし》はあった。今日は朝から声をかけてくる輩がやけに多く、そのほとんどがライカンだったのだ。狼の血を継いでいるからか、ほかの血筋に比べてライカンには鼻の利く者が多い。媚薬などによるフェロモン効果は、ライカンにいちばん表れやすいのだとも聞く。

「どうしよう…」

「ま、それほど大げさな事態じゃないわよ。視《み》た感じ、これから二時間くらいがピークで放課後には収まってるでしょうし。教師には適当に言っておくから、ここで昼寝でもしてなさい？」

名目だけとはいえ「留学生」として配属されたからには、グロリアでの授業にも身を入れるつもりだったのだが、そんなことを聞いてしまってはとてもこの部屋を出る気にはなれない。

「これって、安静にしてれば収まるもの…？」

「たぶんね。私もクラシックの体質には詳しくないから、推測にすぎないけど」

わりとありふれてる媚薬だから安心しなさいよ、とそこでようやく真芹が笑みを浮かべる。

（……安心て）

火遊びにこういった代物を多用する者たちにとっては身近な効能でも、湊には初めての経験だ。励まされても到底安心する気にはなれなかったが、ウィッチの専科棟にはよほどのことがない限りほかの種族は立ち入らないと聞いて、その事実にはほんの少しだけ安堵を覚える。

「このエリアには軽い結界も張ってあるから、フェロモンも外までは漏《も》れないはずよ」

「そう…」

「本当に波乱万丈だわね」

真芹がにっこりと笑いながら、自分のティーカップに口をつける。

「——望んでないけどね、こんなの」

思わぬ展開に一気に疲労と倦怠感が増したような気がして、湊はソーサーをテーブルに戻すとぐったりとソファーに身を預けた。この国にきてから騒動続きなのは、はたして祖母の策略のせいか。それとも神の思《おぼ》し召《め》しなのか。祖母の次の手といい、芳しくない体調といい。

(気がかりなことだらけなのに、またこんな…)

無意識にまた窓際へと向けていた視線に気づいて、湊は深い溜め息を吐き出してから意識を現実に引き戻した。

「わかった、放課後までここにいるよ」

「ええ、そうなさいな。いま出てったら狼の群れに小羊を放り込むようなものよ」

恐ろしいたとえに背筋を寒くしながら、昼休み終了のチャイムを聞く。

「じゃあ、放課後迎えにくるわね。それまでけっしてここを出ないように。いい？」

「わかったって」

所用を済ませてから教室に向かうという真芹に力なく手を振ってから、湊はポフン…と柔らかいソファーに身を横たえた。

昼下がりの長閑《のどか》な陽射しが、木々の隙間から窓際へと差し込むのをぼんやり眺める。

（ああ、また）

今日は誰も通る気配がないというのに、つい視線が裏庭へと吸い寄せられてしまう。同様に、もう考えないつもりでいるのに、気がつくと彼のことを考えてしまっている己の思考回路に、湊はやりきれない思いを味わっていた。

体調不良や疲れもあり、いまは心身ともに本調子ではないのだ。きっと、それだけ——。いつもだったら迷いなく冷静に分析できる自分の感情が、この二日間はなぜだかまるでつかめないでいる。どんな感情だって、きちんと分析すればいつだって明確な答えが出せたのに……。

『お礼、楽しみにしてるね』

昨夜聞いた彼の言葉を、あれから何度脳内で再生したろうか。次に会う時までに考えておくね、と微笑む彼のイメージがどうしてか頭から離れなかった。向こうが覚えてるかどうかもわからない口約束に、ここまで囚われている自分が自分でも理解できない。

（どうしよう……）

寝ても覚めても脳裏から消えないシルエット、そのせいなのか夢の中にまで彼が出てくる始末だ。

『湊もいつか王子様に出会えるわ。私が瑞と出会ったようにね』

あなたに合う王子様はきっとこんなよ、いいえそれともこうかしら？　小さい頃から何度も母親に聞かされたせいで、脳裏に刷り込まれているイメージが夢に出てくることは前からあった。けれどいつだって漠然としていたそれが、いまはなぜか彼の姿で悠然と現れるのだ。

出会いや再会が月の下だったからか、彼には夜のイメージがある。

漆黒の夜空にいくつも散りばめられた瞬く星を背景に、優雅に微笑んでみせる隼人。差し出された手を取ると優しく抱き寄せられて、まるでそれが自然なことのように唇を重ねられる。

何度も、何度も――。

そのうえ、彼の手があらぬところに触れてきて。

「う、わっ」

湊は慌てて飛び起きた。どうやらソファーでうたた寝してしまっていたらしい。

（なんていう夢……）

無人の部屋で一人頬を赤らめながら、速まる鼓動に胸を喘《あえ》がせる。反射的に心臓を押さえてから、制服がすっかり寝汗で濡れているのに気づく。寒いと思った瞬間にくしゃみが出て、ゾクリとした悪寒が背筋を撫でていった。このままでは風邪を悪化させ兼ねない。

時計を見ると、あと二十分ほどで六時限目が終わるところだった。真芹の言葉を信じるなら、もうそろそろ効能も収束しはじめているはずだ。

（着替えた方がいいよね、これ）

専科棟から体育館までは三分とかからない距離だ。出入り口から視認できる範囲なので自分でも迷う心配はないし、授業中なら出歩いている生徒と鉢合わせることもそうないだろう。迅速に行動すれば、さっと着替えて戻ってこれる。このまま体を冷やすよりは、よほどましな選択に思えた。

「仕方ない…」

湊は辺りを窺いながら真芹の居室を抜けると、専科棟を出て小走りに体育館に向かった。

幸い誰にも見咎《とが》められることなく、体育館に入るのには成功した。だが、あともう少しでロッカー室というところで。

「……っ」

突如、後ろから羽交《はが》い絞《じ》めにされ、咄嗟に声を上げようとした唇を別の手に塞がれる。そのまま無音の叫びを散らしながら、湊はあっという間に近くの別室へと連れ込まれていた。

「――一人歩きなんて用心が足らないね、お嬢さん」

誰かがそう囁くなり、複数の含み笑いが四方から聞こえてきた。

薄暗い室内はどうやらどこかの運動部の部室らしい。首をめぐらせるとテニスラケットのような物が目に入った。さらに、いくつもの人影が逆光になって自分を取り囲んでいるのも見える。

「誰かに一服、盛られたんだろ？」

「体育館の裏手まで漂ってきてたぜ、あんたのフェロモン」

「ここはひとつ、そんな状態で出歩いてたあんたが悪いってことで」

大人しく俺らにヤラれてくんない？　と軽い調子で耳元に囁かれる。生温かい吐息がうなじに触れて、耐えがたい寒気が背筋を突き抜けた。

（落ち着け、落ち着け…）

早鐘を打つ心臓にそう言い聞かせながら、焦りそうになる理性を総動員して打開策を練る。見える限りでは四人しかいないが、気配を探った限りではもう数人いそうな雰囲気があった。この人数では本格的に取り押さえられてからでは遅い、まず逃げられないだろう。

「つーことで、観念してくれた？」

そう言いながら、口元を覆っていた手だけが外される。

「……するわけないだろう、いますぐ解放しろ。じゃないと」

「じゃないと？　誰かが助けにきてくれるってわけ？」

暴漢の一人がふいに顔を近づけてきた。反射的に震えた肩を見て、取り囲む連中が笑い合う。

「世の中そんなに甘くないぜー？　これいわゆる、孤立無援ってやつだから」

「こんなことして、ただで済むと思うのか…っ」

「はいはい。震えてるからねー、声」

必死に押し殺している怯《おび》えを見透かしたように笑うと、男はもう一度口を塞ぐよう湊の背後の男に指示を飛ばした。

「減らず口はいらないんだよね。あんたのすかしたツラがどんなになるか、どんな悲鳴が聞けるか、こっちはそれが楽しみなわけ。ま、大人しくしててくれりゃ、優しくしてやっからさ」

「とりあえず順番決めねー？　いちばん負けたやつが見張りで最後な」

そう声をかけた者の合図で、体を押さえていた腕の力がわずかに緩む。その隙をついて口元を覆っていた手に思いきり歯を立てると、悲鳴とともに拘束が解けた。即座に出口に走ろうとするも。

「っ、のやろ…っ」

すぐにまた左右から取り押さえられて、今度は床に叩きつけられてしまう。激昂《げっこう》した気配がわっと上から圧《の》しかかってきて、湊の手足を一気に制圧した。

（もうだめだ…）

と思った瞬間——。

「これって、暴行の現行犯なのかな」

聞き覚えのある声が、ポツンと傍らから投げかけられた。

慌てて顔を上げると、部屋の片隅の風景がグニャリと歪むところだった。見れば半裸の女生徒と、同じく着衣の乱れた隼人とが長机の上で折り重なっている。上半身を起こした少女の胸元に片手を差し入れて覆い被さりながら、隼人が顔だけをこちらに向けて首を傾げていた。

「こっちは合意ですけど、そっちはどう見ても違いますよね」

無理強いはよくないですよ先輩方、と微笑みながら、隼人が少女のブラウスから手を引き抜く。その光景を呆気《あっけ》に取られて見ていたのは何も湊ばかりではなかった。上級生らしいライカンの数人も、湊を取り押さえるのすら忘れて呆然とそちらを見ていた。

無理もない。ほんの数秒前まで、その長机の上には誰もいなかったのだから。無人だと信じて入り込んだテニス部の部室には、姿の見えない先客があったということだ。

（あ、結界…）

一度見たことがある湊にはその見当がついたが、暴漢たちには何がなんだかわからなかっただろう。突如として現れた隼人たちに狼狽《ろうばい》した面々が顔を見合わせる。

「おまえ、各務の…」

「先輩方全員、バスケ部の方々ですよね？　俺、顔覚えちゃいましたけど。このまま引いてくださるんならこの件は誰にも言いませんよ」

「てめえ…」

「事を荒立てる気なら姉に言います。ご存知ですよね、姉が風紀委員なのは」

途端に顔色をなくした暴漢たちが、最後に負け惜しみじみた舌打ちを残して部屋を出ていく。

「――なーんか、ヤル気なくなっちゃったぁ」

隼人の下にいた少女が、その背中を見送るなりつまらなさそうにぼやいた。

「ね、場所変えて仕切り直さない？」

甘えた声でねだる少女に軽く首を振ってから、隼人が「ごめんね」と柔らかく微笑む。

「ちょっと、急用を思い出しちゃったから」

「えー」

「今日はここまで。続きはまた今度ね」

ぐずる少女を思いきらせるように机から降りると、隼人は半分以上空いていたシャツのボタンを俯きかげんに留めはじめた。少女も仕方ないといった体で机から降りる。それから床に座り込んだままの湊を一瞥《いちべつ》すると、フンと鼻から息を抜いた。

「とんだジャマが入ったわ」

呆然と見返すしかない湊にあからさまなあてこすりを放ってから、少女が憤ったオーラをまといながら出ていく。てっきり隼人もそのあとに続くのかと思っていたのだが、彼は制服を整え終えるなりゆっくりとこちらに歩み寄ってきた。

「立てる？」

腰が抜けて立てずにいるのを見抜かれていたようだ。無言で首を振ると、隼人が目線を合わせるように傍らにしゃがみ込んできた。首を傾げながら、こちらの顔を覗き込んでくる。

「つい割り込んじゃったけどよかったのかな。もしかして、あーいうプレイだったりとか」

「まさか…！」

「あ、よかった。個人的にはあんまり無理やりって好きじゃないんだよね。だって合意じゃないと、片方にしか快感がないじゃない？　そういうのって不公平だと思うんだ」

（そういう問題……？）

疑問に思いつつも口を挟む気力もなく、湊は力なく首を垂れた。

見れば抵抗した時に千切《ちぎ》れたのか、上から二番目までのシャツのボタンがない。押さえ込まれた際に擦《こす》ったらしく、鎖骨《さこつ》の下に赤い跡がついているのも見えた。

いまさらのように体が震えて、湊は自身の肩を強く抱き締めた。

「ああいう場合、抵抗しなければわりと気持ちよくもしてくれるらしいけどね。でもヴァンパイアでもないのに、数人相手ってきつくない？」

平然とした口調でそんなことを言いながら、隼人が湊の頬に指先を添える。

「——もう大丈夫だから。安心して」

そっと涙を拭われて、湊は初めて自分が泣いていることに気がついた。静かにしゃくり上げはじめた湊の頬を何度も優しく撫でてから、おもむろに隼人の指が顎を捕らえて持ち上げる。

「ちょっといいかな」

（え……？）

目尻から溢れた涙を、隼人がペロリと舐め取った。

「やっぱり…」

何かに感心したように呟くなり、今度は唇の隙間にうっすらと溜まった涙を啜られる。

「……っ」

　自分がされているコトを数秒遅れで認識した湊が逃れようとした時にはもう遅く、今度は本格的に頬を包まれて唇を割られていた。

「んっ、ふ…ぅ」

　薄暗い部室の床に座り込んだまま、甘い、けれど強引なキスを仕掛けられて、湊は混乱する頭で必死に隼人の胸を押し返した。するとあっさり引いた唇が、間近で「やっぱりそうだ」とまた囁く。

「すごく美味しい、あなたの唇」

「は…?」

「――ううん、唇だけじゃなくて。涙も唾液も」

　すべてが自分好みだと微笑みながら、隼人が湊の鼻先に啄《つい》ばむようなキスを送る。

「よかったら、いまからシてみない?」

「え?」

「セックス。少なくともさっきの人たちよりは断然、気持ちよくしてあげられる」

「そんなこと…」

「クスリも効いてるし、初めてでも最初から悦くなると思うよ?」

　襲われた衝撃と、思わぬ隼人の言動にすっかりショートしかけていた頭が急に理性を取り戻す。頬を濡らしていた涙を手の甲で拭うと、湊はきっと目元に力を籠《こ》めた。

「ふざけるな。するわけないだろう、そんなこと」

「エッチ、嫌い？」

「そういう問題じゃない」

「じゃあ、どういう問題？」

心の底から不思議だという表情で、隼人がまた子供のような仕草で首を傾げる。

（ああ、もう…）

いったい何をどうすると、こんな困った性格が形成されてしまうのだろうか？　隼人にとって体を繋ぐのは、本当にただのコミュニケーションのひとつでしかないのかもしれない。

「痛くしないよ？　ぜったい気持ちよくしてあげるから」

「お断りだね」

「たぶん、いままでで最高の快感をあげられるよ」

台詞の内容にはまるでそぐわない優美さで、隼人がとろりと甘く微笑んでみせる。

「気持ちいいの、嫌い？」

「……あのね」

快楽があればすべて許されると、本気で信じていそうな雰囲気だ。奔放に体を繋ぐのも、快感を貪《むさぼ》るのも、隼人の中ではまったく罪のないことなのだろう。どうして咎められるのかわからないといった戸惑いが、次第に艶めいた瞳の中に浮かんでくる。

「どうしても、だめ？」

「だめ。――何も、体を繋ぐばかりがコミュニケーションじゃないだろ？」

「でもいちばんわかりやすいよ。心は目に見えないけど、体なら見えるし触れるし。それに何よりも正直だから。本当に嫌がられてたらすぐにわかるよ」

隼人の手が何の前触れもなく、トンと湊の胸に宛がわれた。

「あ、胸ない。本当に男の人なんだね。あんまりキレイだし、体も細いから。実は女の子なんじゃないかと思ってた」

そう言われた途端、ズキンと何かが胸に刺さった気がした。

「……男で悪かったな」

「悪くないよ。同性をここまで抱きたいって思ったの、初めてかも」

まったく悪びれたふうもなく笑いながら、手を離す気配もない。じんわりとした体温がシャツ越しに沁《し》みてくるのを感じながら、湊はどうしたものか…と眉を顰めた。

（話が通じる気がしない…）

それに触られているところが妙に過敏になっている気がして、とりあえず不穏な動きをはじめる前にその手をつかんで動きを止めると。

「捕まえた」

湊のその手を待っていたように隼人が逆の手で手首を握り締めてきた。

「な、に…」

「ほら、体は嫌がってないよ。キスだって気持ちよかったでしょう?」

我が意を得たりとばかりニッコリと微笑む隼人に、湊は溜め息交じりに瞳を眇《すが》めると、絡んでいる両手を思いきりよく振り払った。

「あんなの合意じゃなかった」

「でも、感じてた」

「な…っ」

「体は正直だって言ったでしょ? わかるよ、それくらい」

腕を振り払われたことを気にするふうもなく、「あのね、キスだけでイカせることもできるんだよ」と膝を抱えながら隼人が甘く笑ってみせる。

(これじゃ堂々めぐりだ……)

会話の終わりがどこにも見えない。気づけば胸に残っているのは、襲われた衝撃ではなく隼人との会話から被る疲労感と、理由の知れない胸の痛みのみだった。なんだか泣いたことすら急にバカらしく思えてきて、涙の名残りを両手で拭うと、湊は一息ついてからその場に立ち上がった。

「ありがとう、助けてくれたのには本当に感謝してる。じゃ、俺は帰るから」

こんなところで茶番を演じている場合ではないのだ。一刻も早く服を着替えて、今日はもうさっさと帰ってしまった方がいいだろう。

(――不覚だ…)

またも唇を許してしまうなんて。キスの感触をこそげ落とすように唇を拭いながら、湊はなぜか速まる鼓動を疎《うと》ましく思いつつ、足早に扉口に向かった。だが――。

「フェロモン、まだ垂れ流しだよ?」

「……本当に?」

「うん」

媚薬系ってクラシックには効き目長いんだよね、と不穏な台詞までをつけ加えられて、湊は扉口で立ち尽くしたまま静止するしかなかった。

「俺らにはそうでもないけど、ライカンには効果てき面だと思うよ」

意地悪や脅しではなく、親切心から注意を促してくれているらしい隼人の声音に、湊は重い溜め息をついてから前を向いたまま問いかけた。

「これっていつまで続くと思う…?」

「たぶん今晩いっぱいは続くんじゃないかな。一人歩きは控えた方がいいと思うよ」

「今晩いっぱい……」

「うん。前に俺が使った時は二日くらい効能が続いたよ」

そんなことを聞かされてしまっては、とても一人でここを出ていく気持ちにはなれない。だが、だからといってこの部屋に隼人と二人きりでいるのも気が進まない。彼の言動に振り回されるのもそうだが、いつあの「約束」を持ち出されるか、考えただけでも胸がざわついて仕方なかった。

（だいたい、覚えてるのかな…？）

恐る恐る振り返らせた視線を、隼人がにっこりとした笑顔で出迎えてくれる。その表情を見るに、すっかり忘れているような気もするのだが油断はならない。

「……仕方ない」

六時限目終了のチャイムを聞きながら、湊は腹を決めて引き返した。部室のベンチに腰を下ろして、真芹にＳＯＳメールを送る。単独行動がまずいというのなら、連れさえいれば問題ないはずだ。現在地と着替えを要請するメールをひとまず送信してから、詰めていた息を零す。

隼人曰《いわ》く、女子テニス部はいま休部中なのでここに誰かがくることはそうないのだという。それを逆手に取って、隼人や先ほどの暴漢たちはこの部屋を使おうとしていたのだろうが、同じように誰かがきたとしても先客がいれば大丈夫だよと隼人は笑う。

「俺といれば襲われることもないと思うし」

バイブで着信を告げる携帯を弄《いじ》りながら、隼人は自然な素振りで湊の隣に腰を下ろした。

「で、どうかな」

「どうって？」

「セックス」

話は一周してまた元に戻ったらしい。頭の痛い会話を再び一からはじめねばならないのかと思った矢先に、隼人の携帯が立て続けに着信で震える。

「出ないの？」

「全部メール。放課後デートのお誘いだね」

手慣れた仕草で返信を打ち込みながら、隼人が「じゃあ、フルコースならいい？」と藪《やぶ》から棒に提案してくる。意味がつかめずに反問すると。

「食事、ドライブ、ホテル」

と当然のように言われてまた頭が痛くなった。こめかみを押さえた湊に気づいて、隼人がさらに見当違いな気遣いをみせてくれる。

「ごめんね。運転はできるけど免許は持ってないから、運転手つきのドライブになっちゃうんだけど、車中ではキスまでに留めておくから。安心して」

そういう問題じゃないと、はたして何度言えば済むのだろうか？

「それでも、だめ？」

無言で首を振った湊に、隼人が弱ったように瞳を翳《かげ》らせる。そんな悲しげに見つめられても、自分の答えはどうしたって変えられないというのに。

（まったく…）

何が問題点なのか、隼人が理解してくれないことにはどうにも話は進みそうにない。どう言ったものか考えあぐねながら、湊はひとまず口を開いた。

「あのさ……——そっちの普通はわかんないけど、俺にとってはセックスもデートも、好きな相手とするものなんだよね。好きでもない相手と滅多やたらとする気はないの」

「じゃあ、俺のこと好きになれば問題ない？」

（言うと思った）

これは予想してた範囲内の即答だ。

それなら簡単な話だね、と笑う隼人に湊は冷めた眼差しを投げかけた。

「ならないよ。それに、俺は相思相愛じゃなきゃ体の関係なんて考えられないから」

「それって、俺もあなたを好きになればＯＫってことだよね」

「——本気で言ってる？」

「うん。本気」

これは想像以上の話の通じなさだ。

本格的に頭痛がはじまりそうになったところで、隼人の携帯が今度は通話着信を告げた。

もしもし、と応じた隼人がベンチを立って窓際に向かうのを見送りながら、湊はまたチクチクと胸のどこかが痛むのを感じた。

（誰にでも、こんなふうに誘いをかけてるんだろうな…）

自分にだけじゃない、そう思っただけでにわかに緩みそうになった涙腺《るいせん》に焦る。どうしてこんなにも情緒が不安定なのか、その理由がつかめないことがさらに湊の焦燥を募らせていた。

「うん、そう。――実はそういうの初めてなんだよね」

会話まではわからないが、電話口の相手が女性なのはうっすらと漏れ聞こえてくる声でわかる。誰とも知れないその相手に向けて、隼人が蕩けそうな笑みを浮かべる。

(うわ…)

たったそれだけで今度はズキンと、胸の片隅がはっきりと痛んだ。その事実をなかったことにするために、湊は慌てて逸らした視線でじっと自分の膝頭を見つめた。これではまるで……。

「わかった、やってみる」

手早く通話を終えた隼人が、今度は何やらその場でメールを打ちはじめる。

「一斉送信、と」

「え…?」

「あのね。今日のデート全部断っちゃった。だから付き合ってくれないかな」

「……どこに?」

「ううん、場所じゃなくて。相思相愛を目標に俺と、なんだけど」

「は?」

「あなたを好きになるって、いま決めたんだ」

窓際に腰を預けながら、隼人が携帯を手に首を傾げる。そうやってよく傾げるのは彼の癖なのだろうか? 思わずそんな方向に逃避しかけた思考に、まるで追い討ちをかけるように。

「だから、俺を好きになってくれないかな」

隼人がダンスでも申し込むかのように、一礼してから片手を差し出してくる。

(何、言って…)

会話が成立する余地がまるでないことに、湊はもはや感嘆すら覚えていた。

そんなにまでしてヤリたいというのだろうか？　それとも、何か別の意味がある？

だがいずれにしろ、自分の答えは変わらない。静かに首を振ると、隼人がするりと歩み寄ってきて湊の目前に膝をついた。傅《かしず》くように片膝を立てて、また片手を差し伸べてくる。

「どうしても、だめ？」

不安げにこちらの顔を覗き込みながら、隼人がまた首を傾げた。

(きっと、誰にでもこんな…)

「初めてなんだけどな、こんなこと誰かに言うの」

「え…？」

「言われるばかりで言ったことないから。実は慣れてないんだよね。何か手順間違えてるんだったら教えてもらえる？」

考え深げに指先で顎を撫でながら、隼人が「むずかしいなぁ」と独りごちる。

計算でも打算でもなく、彼が「本気」でそう言っているのだけはわかる。けれどこの場合、本気の向けられている「方向」が問題だった。はたしてそれが、恋愛の概念なのかどうかは甚《はなは》だ疑問だ。

『恋を知らないだけじゃない？』

昨日聞いた、真芹の台詞が脳裏をよぎる。

きっと彼はそういう意味で口を開いているのではないだろうという、根拠のない確信が湊にはあった。「相思相愛なら」という自分の意見に一時的に流されているだけなのだ。

真《ま》に受けたらバカを見る——。そう思いつつも、湧き上がる疑問が口をついて出てしまう。

「——どうしてそんなに、俺と…？」

「あなたに興味があるから。それだけじゃ、だめかな」

そんなふうに問いかけられても、湊にはもう返せる答えがなかった。何を言っても通じないのであれば、どんな言葉を返したって無駄だ。だがそれ以上に。

（どうしよう、これ……）

止めようもなく震える指を、慌ててぎゅっと握り締める。すると、隼人の手がゆっくりと伸びてきて握り込んでいた拳を解いた。自身の指に湊の指をきゅっと絡めてから、口元まで持っていった湊の手の甲に唇を押しあててくる。

「どうか、俺を好きになってください」

（そんなの……）

体が鼓動に合わせて揺れているのではないかと思うほどに、激しい動悸が体中を支配していた。同時に胸いっぱいに何かが詰め込まれているように、呼吸すらが危うくなる。

「あ……」

じっと下から覗き込んでくる黒曜石の瞳――。その視線を意識しただけで、いまにも心臓が止まりそうな気がした。その輝きに囚われてしまったように目が離せなくなって、やがて少しずつ近づいてきた瞳の奥に、吸い込まれそうな錯覚さえ覚える。

このまま流されてしまいたいという甘い誘惑が、突如衝動となって込み上げてきた。

(だめだ、このままじゃ……っ)

もう少しで唇が重なるというところで、湊は総動員した理性で正体の知れないその衝動に抗《あらが》った。

限界まで顔を背けて必死に声を絞《しぼ》る。

「そんなの無理……っ」

「やっぱりだめ？　――じゃあ、ちょっとズルイこと言っちゃうね」

「え？」

隼人の吐息が耳元に触れた。

「昨日の約束、覚えてるでしょう？　何でもするって」

「あ、れは…」

「できれば『付き合って』って言いたいところなんだけど、でも無理強いじゃこれは意味ないよね。だから、俺からの注文はひとつだけ」

耳朶《じだ》に触れ合わされた唇が、小さな声でこう告げてくる。

「セックスは両思いになってからでいいから、キスだけはいつでもさせて?」

「な…っ」

「だめ? でも俺、今日もあなたのこと助けたんだけどな」

「——…ッ」

それを言われると、もはや何も言い返せない。けれど素直に頷くこともできなくて、唇を引き結んだままなおも顔を背けていると、隼人の悩ましげな溜め息が首筋を転がり落ちていった。

「ズルくてごめんね? でも、それくらい本気だってわかって欲しいんだ」

少し冷えた鼻先で、コショコショと耳朶をくすぐられる。

「いい匂い。汗の匂いも甘いんだね」

「……っ」

ぞくりとしたものが絶えず背筋を駆け上がってくるのに耐えながら、湊は小さく息をついた。

ボタンがないせいで露《あらわ》になっている鎖骨付近に、隼人が躊躇いもなく鼻先を寄せてくる。スンと息を吸い込みながら、汗に濡れたシャツの上からいくつもキスを落とされた。

「ねえ、答えはイエスだよね?」

カーッと首筋までを赤くしてから、ほんの数ミリだけ縦《たて》に首を振って肯定する。それを感じ取った隼人が、一度距離を取ってから「本当に?」と念を押してくる。

「キス……だけなら…っ」

「よかった」

そう言うが早いか、顎のラインを取られて。

「んん、ン…っ」

あっという間に唇を塞がれていた。

これまでのキスが子供騙《だま》しにしか思えないほどの、深く求められるキスに意識を翻弄される。呑み込みきれなかった唾液が唇の端から零れるのを、隼人がさりげなく指先で拭った。合間合間にその指先をも舐めながら、口内すべてをくまなく味わわれる。

（あ…っ、何これ……？）

下腹部の奥の方に、急に火が点《とも》ったような感覚があった。じわじわと燃え広がったそれが、やがてポンと小さく爆《は》ぜる。それに触発されたように、立て続けに小さな爆発が体のあちこちで起こった。それがいずれ何か取り返しのつかないことに繋がってしまいそうな予感がして、湊は小さく身じろいで唇を外させた。

「……っ、ぁ、もう…」

「だーめ。まだ途中だよ？」

何の、と訊く間もなくまたキスが再開される。

今度は身じろいでも外れない唇に、湊はにわかにパニックを起こしていた。得体の知れない何かがいまにも爆発を起こしそうで、その戦慄がざわざわと背筋を撫でていく。

（怖い……っ）

そう思った直後に。

「――はい、そこまで。免疫ないんだから、その辺にしといてあげてちょうだい」

耳馴染んだ声が、タイミングよくその場に割り込んできた。潤《うる》んだ視界に、湊の着替えを手にした真芹が扉を背に呆れた風情でいるのが映る。

すっかり息の上がった湊から名残惜しそうに唇を離すと、隼人は「残念」と小さく囁いた。

「もう少しだったのにね。この続きは、また今度」

唾液で濡れた湊の口元をきゅっと指先で拭ってから、隼人がそれをペロリと舐める。

「ちょっと、セクハラ禁止よ」

「わあ、怒られちゃった」

膝を払いながら立ち上がった隼人が「ごちそうさまでした」と、小さく頭を下げる。それから。

「さっきの、考えておいてね」

悪びれたふうもなく未だ放心状態の湊にそう言い置くと、隼人は悠々とした足取りで部屋を出ていった。その後ろ姿を、真芹が苦虫を噛み潰したような面持ちで見送る。

「まったく、丸め込まれてんじゃないわよ」

扉が閉まるなりずかずかと歩み寄ってきた真芹が、ベンチから立ち上がれずにいる湊の膝に体育用のジャージを放った。

「もう少しガツンと言ってやりなさいよ。やられたい放題だったじゃない！」

「え……」

「事後承諾で悪いけど、用心のために使い魔をつけてたのよ。だからあなたの身に起こったことは、使い魔を通してすべて知ってるわ」

（いままでの、全部……？）

思考が追いつかず沈黙したままの湊に、真芹が「まったく…！」となおも文句を言い募る。

「新しいおもちゃを見つけた子供状態ね。危なっかしくて見てられないったら」

「真芹は、彼と知り合いなの…？」

「ただの顔見知りよ。幼稚舎からずっと一緒だから、面識だけはあるの」

彼の振る舞いに怒っているのか、それとも湊の一方的なやられっぷりに呆れているのか。

「だいたい無防備なあなたがいちばんいけないのよ？　あたしが使い魔をつけてなかったら助けにこられなかったんですからね。あたしがいくにしてももう少し時間かかったでしょうし、彼がいたからあれだけで済んだようなものよ」

止む気配のない説教に晒《さら》されながら、湊はようやく呪縛から解けたような心地で膝の上のジャージをそっと広げた。

（確かにね）

隼人があの場に居合わせなければ、自分はいま頃もっとひどいダメージを受けていたはずだ。精神的にも、肉体的にも。暴漢に気づいた時点で真芹が駆けつけてくれていたとしても、もっと暴力に晒されたあとだったろう。圧倒的な腕力で床に押しつけられた時の恐怖を思い出す。隼人の言動に振り回されたおかげで、ほとんど忘れかけていた恐怖がまたジワリと込み上げてきた。

「本当に、彼が偶然ここにいてくれたからよかったけど——でも、これは偶然なのかしらね」

「え…?」

「何でもないわ。ほら、さっさと着替えて。もう裏門にファントムがきてる頃よ」

寝汗と、それから冷や汗とでじっとりと濡れたカッターシャツをTシャツに替えてから、昼寝と暴行とですっかりよれたブレザーを手にジャージの上着を羽織る。

シャツに残るボタンの跡を見て、湊は改めて自分の置かれていた状況を思い、背筋を震わせた。それがきっかけになったように、タチの悪い悪寒がゾクゾクと止まらなくなる。危惧していた通り、風邪の方もだいぶ悪化してしまったらしい。

「それにしても、『氷のプリンセス』の異名《いみょう》が泣くわね。赤面しっ放しじゃない」

「そんなこと言ってたの、一部のやつらだって…」

自分ではそんなつもりはないのに、ツンとしているとか取り澄ましているなどと言われて、母親のみならず陰でまでそんなふうに呼ばれていたのは知っている。極度の方向音痴のせいで外出時には供人《ともびと》をつけてもらえるよう理事に頼んでいたのも、揶揄に拍車をかけていた原因のひとつだろう。

(でも、確かに…)

アカデミーでこんなに赤面した覚えはない。触るとまだ頬が熱くて、いやいやこれは熱のせいだと自分に言い聞かせる。

「それで、どうするの？」

連れだって部室を出たところで、真芹がひょこりとこちらを覗き込んできた。

「どうするって？」

「交際、申し込まれたんでしょ？　受けるの、受けないの？」

（そんなの…）

受けるわけないと言いかけた言葉を遮るように、真芹が「ま、いいんじゃない？」となぜか急に声のトーンを明るくする。

「何事も経験よ。知らないよりは知ってた方がいいこともあるし。それに少しは恋愛スキルを磨くべきなのよ、あなたもあの子もね」

「え？」

「何も即答しなくてもいいし、一回くらいデートしてから決めても遅くはないってこと」

「彼と……？」

「そう。そのテのスキルだけは高いはずだから、退屈はしなくて済むはずよ。もしつまんなかったり、違うなと思ったら、その時はさっさとフッちゃえばいいのよ」

「そういうもの…？」

「ええ、そういうものよ。何でも真面目に考えすぎるのは、あなたの悪い癖よ？」

もっと臨機応変になりなさいなと肩を叩かれて、湊は肩に載っていた錘《おもり》がストンと落ちたような気持ちになった。

（なんだ、それくらいの感覚でいいんだ…）

真芹に指摘された通り、自分は何でも四角四面に捉えてしまう傾向がある。彼に言われた言葉だって、もっと軽く受け止めてもいいのかもしれない。——行きがかり上、変な約束をしてしまったけれど、彼の奔放な日常ぶりを考えればあの「興味」もいつまでもつかわかったものではない。

（一日経ったら、気が済んでるかもしれないわけだし）

また胸の隅がチクンと痛むのを見ないふりで、湊は「わかった」と努めて明るい声で応じた。それを横で聞いていた真芹が、ふう…と小さく溜め息をつく。

「あなたはもっと、自分の幸せを第一に考えた方がいいと思うわよ」

「幸せ？」

「そう。あなただけの幸せをね」

藪から棒に何を言い出すのかと思いつつ「充分幸せだと思うけど…」と答えると、真芹がさらに深い溜め息を重ねた。

「……はあ。心中お察しするわ、操さま」

「何それ」

「まったく。こんな困った孫、できれば持ちたくないなって話よ」

わけのわからないことを言いながら早足になった真芹の背中に、慌てて続く。

——けっきょく湊の微熱はその晩も下がらず、翌朝になっても変わらなかった。不可解な寒気は相変わらずだったけれど、欠席を考えるほどではなかったので湊は翌日も変わらず登校を決めた。

緩やかに何かが変わりはじめていることに、互いだけが気づかないまま四日目がはじまる。

4

その日は朝から、これまでの数日の中ではいちばんと言っていいほどに平穏だった。

(逆に拍子抜けというか…)

どうやら湊を襲った面々に真芹が内々で制裁を下してくれたらしいのだが、それが新しい噂となって校内を駆けめぐっているらしい。そのせいで湊にちょっかいをかけてくる輩は激減したのだが、違う意味での注目は集めているような気がしないでもない。それでもやたらと声をかけられて辟易《へきえき》していた昨日までに比べれば、周囲の注視くらいたいしたことはない。

人見知りというほどではないが人懐《なつ》こいタチでもないので、真芹以外に親しい友人を作ろうという気もない湊にとっては、遠巻きにされているくらいがちょうどよかった。

「なんだか今日はつまらないわねぇ」

話のネタになる事件が何も起きないことに苦情を零しながら、真芹がランチプレートのシーザーサラダにフォークを突き立てる。二日ぶりで足を踏み入れた食堂のテラスにて昼食を取りながら、湊も舌平目のソテーにナイフを入れた。初日はけっきょく定食にありつけなかったので、パン以外のランチを食べるのは今日が初めてだ。

「何はともあれ、平穏がいちばんだよね」

「それってあなたの口癖よね。でもあたしは嫌よ、平穏なんて」

真芹が唇を尖らせながら、伊勢エビのトマトクリームパスタをくるくるとフォークに絡める。

「それは他人事だからでしょ」

「いいえ。自分が渦中に放り込まれるんでも、やっぱり波乱万丈を選ぶわ。だってその方が断然、楽しいじゃない？」

「同意し兼ねます」

「だいたい波乱があってこその平穏よ？　安泰だけ望むなんて若者の志向じゃないわね」

「はいはい、どうとでも」

この件に関しては以前にも何度か意見を交わしているのだが、過激派の真芹と穏健派の自分とでは意見が一致するはずもない。

（波乱なんて…）

望むものではなく放り込まれるものだと知っている身としては、安易に求めようなどという気にはとてもなれない。父が病に倒れるまではすべてが平穏で、こんな穏やかな生活がいつまでも続くものだと思っていた。父との死別に、母との別離——そうして放り込まれた環境はいま思えば八歳の身にはハードなものだった。言葉もわからず、誰もが初対面な環境で、湊は一からすべてをはじめなければならなかったのだから。平穏こそが望まなければ手に入らないものなのだと、湊はアカデミーに放り込まれてからの日々で学んだのだ。

「そりゃ、あなたの境遇には同情もするわよ？　でもけっきょくは誰も似たり寄ったり。隣の花は常に赤く見えるものなのよ。自分の花ばかりが色褪せてると思わないで欲しいわね」

真芹の言い分もわからないでもない。現にそうやって誰かを羨《うらや》んで生きていた時期もある。ないものねだりをしても仕方ないと、自分の心を宥めたことも——。でもいまの心持ちは違う。失った時間を惜しむのではなく、湊としてはこれからの時間をただ心穏やかにすごしたいだけなのだ。

「比較に意味があるとは思えないよ。誰しも主観で生きてるんだしね」

「——今日も平行線ってわけね」

視線を宙に浮かせながら、真芹が肩を竦《すく》めてみせる。これ以上は時間の無駄と判断したのか、真芹はすぐに表情を変えると、「ところで」と会話の方向転換を図ってきた。

「能力のコントロールは利くようになったの？」

「ああ、おかげさまでね。驚いたくらいじゃ発動しなくなったよ。周りの発動に釣られることもなくなったし。さすがに二年前のままじゃいられないよ」

「あら、残念。あたしの『召喚』を増幅して、あっという間に一部屋全焼——なんて面白い事態にはもうならないのね」

「あれは真芹のコントロールも問題だったろ？」

「おかげさまで、あたしもだいぶ制御できるようになったのよ」

テーブルに片肘をつきながら、真芹が片手だけで簡単な印を組む。途端にポン、と掌の上に小さな恐竜のようなものが現れた。

「わ…っ」

反射的に肩を揺らした湊の目前で、羽の生えた赤いそれがピキャーと可愛らしい炎を吐く。

「ご覧の通り、自分でサイズ調整できるようになったんだから」

「これってあの時、暴走してたやつ…?」

「そう。あなたのせいで超巨大化しちゃって手がつけられなかったのよねぇ」

真芹が遠い眼差しを宙に浮かせる。

(よく言うよ…)

あの日のことは湊もよく覚えている。最初の自己紹介の時点で挨拶代わりにと真芹が召喚したのが、身の丈《たけ》ほどもあるこの赤い竜だった。それだけでもクラス中が騒然としていたというのに、真芹はさらに炎まで吐かせてみせたのだ。教師の制止も間に合わず、パニックに陥ったクラスメイトたちの意識に引き摺《ず》られるようにして、湊は気づいたら能力を発動していた。そのせいで巨大化した竜の炎噴射で、教室は十分とかからず全焼してしまったのだ。あの一件のせいで、真芹とともに湊までもしばらく問題児扱いされてしまい、閉口したものだ。

「まったく、あれくらいで驚くなんて。アカデミー生も肝っ玉が小さいわよね」

「あのね、あんなの急に出されたら誰だってパニックになるよ。だいたい、あの時は教師だってみんな驚いてたし」

「そりゃ、驚かそうと思ってやったんですもの。そこはしてやったりね。でも火竜がちょっと火を吐いたくらいで、大げさすぎると思わない?」

「言っとくけど、俺が発動する前にもうカーテンと教卓は燃えてたからね。その火の勢いにみんなびっくりしたんだよ」

「あら、そうだったかしら?」

この件に関してもそもそもの原因はどちらかでいつも意見が割れるので、会話は平行線を辿るばかりだ。だいたい…と真芹が続けようとした台詞を遮るように、今度は湊から話を切り出した。

「えーと、そういえば彼——各務くんはアカデミーには喚《よ》ばれてないの?」

真芹としてはもう少し責任のなすり合いをしたかったようだが、隼人の名前に意識を動かされたのか、言いかけた言葉の代わりに「ああ、彼ね」と食いついてきた。

「もちろん喚ばれてるわよ。あの能力ですもの。グロリアもあの子をアカデミーに進ませようと必死よ。でも本人がまったく興味ないみたいね」

「興味ない?」

「というより、たんに面倒くさがってるだけっぽいけど。あの性格だから教師やアカデミー側の説得も通じないしで、学院上層部としては大弱りみたいよ」

「大物だね…」

「究極のマイペースなのよ」

真芹が片側の眉だけを上下させてから、きゅっと手の中に火竜を握り込む。次に開いた時には跡形もなく消えていたそれに、湊は話題が移ったことと合わせて二重の安堵を覚えた。

二年経ったいまでも、あの日の炎の記憶は鮮明だ。できればあんなバーベキューパーティーには二度と参加したくないものだ。無効化能力を持つ教師がすぐに駆けつけてくれたおかげで、被害はあの一部屋だけで済んだのだ。自身の能力がとんでもない刃《やいば》になることを、湊はあの日、心から学んだ。同時に使いどころによっては、最大の切り札にもなるだろうことを。

きっと世界中の魔族があなたの力を求めるでしょうね、と真芹は評してくれたけれど。

(それでも彼には必要とされないんだろうな…)

そう思うと、またチクリと胸の隅が痛む。

「——彼の能力は完璧だよね」

「イリュージョン？　そうね。あのイマジネーションとインスピレーションの豊かさは特筆すべきね。能力と本人の才が合致した幸せな例っていうか。知ってる？　彼の得意科目」

「ううん」

「音楽と美術ですって。ほかは運動も含めて、可もなく不可もなく。圧倒的に芸術方面に才が偏《かたよ》ってるのね。そういった意味でも常人とはちょっと違うっていうか、天才肌なのよ、いわゆる」

気紛れに描いた油彩画が名のあるコンクールでグランプリに輝いたり、戯《たわむ》れに即興で弾いた曲を映画のテーマ曲にしたいと名の知れたプロデューサーに懇願されたり、そういった方面の伝説にも彼は事欠かないらしい。だがそのいずれも彼にとっては些細なことでしかなかったらしく、グランプリも映画の話もあっさり辞退してしまったのだという。

「何ていうか、ちょっと夢の国で生きてるみたいなところがあるのよね。基本的な礼儀作法だけは父親に厳しく躾《しつ》けられたみたいだけど、常識だけがあちこちスッポリ抜けてるのよね」

「お父さんが厳しい方なの？」

「厳しいというよりも、奔放なクラシックの血に抗おうと頑張った結果なんじゃないかしら。各務もかなりの名家ですもの。残念ながらその効力のほとんどは、双子の片割れにしか発揮されなかったみたいだけど。彼の母親はさらに輪をかけて、性的な面ではフリーダムだって噂よ」

「うわ、あの上がまだいるんだ…」

「ていうか、生粋《きっすい》のクラシックの内情はもっとすごいんじゃない？　あなたって本当にそっち方面には疎いわよね。天然記念物に指定したいくらいよ。——あっちはあっちで体の経験値だけはやたらとあるんだから、ホント先が思いやられるわ」

パスタを口元まで運びながら、真芹がまた遠い眼差しでどこかを見据えるように瞳を細めた。

「あの性格も、ふらふらと流されやすそうに見えて意外と頑固っていうか。執着心はないわりに自分が疑問に思ったことには、けっこうしつこく食いつくのよねぇ…」

「何の話…？」

「ああ、ごめんなさい。独り言よ」

そこで我に返ったように瞳の焦点を湊に合わせてから、真芹がふっと表情を綻ばせる。

「それにしてもずいぶん気になるのね、彼が」

「……気にはなってるかな、確かにね」

「あら、素直」

慌てて否定するリアクションを期待していたらしい真芹が、意外そうに瞳を丸くした。

「彼の何が気になるってわけ？」

「そりゃ、交際申し込まれてるし…」

「――ああ、そういえばそうだったわね」

寸前まで本気で忘れていたらしく、真芹がポンと両掌を打ち合わせる。

（まあ、そうだよね…）

言われた当人はともかく、外野の意識なんてこんなものだろう。当事者たる湊は昨日からずっと、そのことばかりを考え続けているのだが、けっきょく答えは出せていない。

「付き合うことにしたんでしょう？　返事はしたの？」

「や、まだ。なんて答えていいか…」

「なんなら、あたしが言ってきてあげましょうか？」

「遠慮しときます」

真芹になど任せたら何を言われるかわかったものではない。

（てゆうか、それ以前の問題だし…）

正直、自分の口からですら何と答えてよいものか考えあぐねているのだ。せめて隼人がどういうつもりであんなことを言っているのか、あんな約束まで持ち出してきたのか、その片鱗《へんりん》だけでも知れればいいのにと思う。気楽に付き合えばいいじゃない？　と真芹はなおも交際を勧めるが、そもそも隼人の興味がまだ持続しているかも不明なのだ。

「会ってからまた考えようかなって」

「あらそ。ま、好きなだけ石橋叩いてたらいいわ」

フォークに刺したカリフラワーを立て続けに口の中に放り込みながら、真芹が呆れたように空に視線を逃がした。

「衝動に身を任せるのも、あたしは一手だと思うけどね」

「後先考えずに、ってのは無理だよ」

「はいはい。このやり取りも平行線になりそうね」

（確かに）

溜め息ひとつで同意したところで、急に真芹が「あーらら」と楽しげに口調を弾ませる。

「近づいてきたわよ、トラブルの気配が」

「え」

目線で示された方角に目をやると、片腕に下級生らしい女の子を留めた隼人が悠然とテラスの通路を歩いてくるところだった。何やらしきりに話しかけている少女に、隼人が穏やかにあいづちを打っている。だが少女のまとう雰囲気だけが、徐々に険を帯びたものに変わりつつあった。

「見てなさいよ、あれがいつものパターンなんだから」

「パターン？」

近づいてきた二人の会話がぽつぽつと耳に届きはじめる。

「先輩はどうして、あたしのことだけ見ててくれないんですか？」

「うーん、君のことだけっていうのはむずかしいな。俺は一人しかいないからね」

「可愛いって、好きだって言ってくれたじゃないですかっ」

「うん、君は可愛いと思うし、君とスルのは大好きだよ。嘘はついてないんだけどな」

「――みんなの先輩じゃ嫌なんです」

あたしだけの先輩でいて欲しいんです、と悲痛な声で告げた少女に、隼人はこともなげに「無理だよ」と笑顔で返した。

「だって、君と恋愛してるわけじゃないもの」

一拍だけ間を置いてから、パン！　と小気味いい音が響く。

「先輩のバカ！」

捨て台詞を残して去った少女が見えなくなるまでその背中を見送ってから、「また怒られちゃった」と隼人がおもむろに視線を流してくる。こちらの存在にはとっくに気づいていたらしい。張られた頬に掌を宛がいながら近づいてきた隼人に、湊は至極《しごく》客観的な意見を述べた。

「いまのは完全に君が悪いと思うけど」

「そうなのかな」

話の焦点がまるでわかってない顔で首を傾げながら、隼人が伸ばした手で湊のプレートからデザートのオレンジを摘《つま》んでいく。

「あ、美味しい。もう一個もらってもいい？」

寸前まで修羅場を演じていた当人とは思えない呑気《のんき》さで、隼人がもうひとつのオレンジに手を伸ばす。きっとこんな出来事ですらも、隼人にとっては日常茶飯事なのだろう。

「あら、もうこんな時間——。昼休み中に片づける案件があるから、あたしは失礼するわね」

真芹が何食わぬ顔で席を立つ。その口実がはたして本当なのか、それとも気を利かせたつもりなのかはわからないが、湊はひょんなことから隼人と二人きりにされてしまった。

（えーと…）

傍らでまだ了承を待っていたらしい隼人に、カットオレンジを差し出してから訊ねてみる。

「彼女のことは放っておいてもいいの？」

「どうして？」

「どうしてって…」

「あ、メロンもあるんだ。——それも欲しいな」

彼女のことなどすでに忘れてしまったかのような顔で、隼人がにっこりとプレートの隅を指差す。

去る者は追わず、と聞いた通り。

(本当にまったく追わないんだ…)

渾身《こんしん》の力で叩かれただろう頬を気にしたふうもなく、隼人はひょいとメロンを口中に放り込むと、満足げな表情でそれをひと噛みした。と、唐突に何かに気づいたように、黒曜石の瞳がひょいとこちらを覗き込んでくる。

「え……?」

(な、に…)

視界が暗くなったと思った時には、テーブルに肘をついた隼人に顎を取られていた。

合わせられた唇から、メロンの果汁が溢れてくる。甘い汁と、柔らかい果肉の欠片を舌で押し込まれて、湊は反射的にそれを嚥下《えんげ》していた。ゴクリ…と喉《のど》が鳴る。

「ん……っ」

口移しを難なく終えると、隼人は湊の口内をもう一度探ってから、ちゅく…と濡れた音を立てて唇を離した。テラスの周囲にいた人々の視線が、一心にこちらに注がれているのを感じる。

「――――…っ」

文句を言おうと唇を開いた途端、吐息から甘い香りが立ち昇った。

「ごめんね。メロン一個しかないの、気づかなかった」

こんな公衆の面前で、湊の了承も得ずにこんなことをしておいて、隼人には悪気の欠片も見あたらない。美味しかったねメロン、とにっこり笑う隼人に。

「――――」

湊はけっきょく何も言えず、細い溜め息を吐き出すしかなかった。

とりあえずはその好意だけを受け取ることにして、空いた前席を隼人に勧める。いつまでも傍らに立っていられると、その方が目立って仕方ない。

「……あーいうのってよくあることなの？」

「ん？　ビンタのこと？　そうだね、わりとよく」

「それでも反省はしない？」

「何の反省？」

台詞と同時に傾げられる首。

（まあ、そうくるよね）

このテのパターンはだいぶ学習済みだ。メロンの時と同様、彼女に対しても悪気はまったくないのだろう。隼人は自分の心に素直に従っているだけなのだから。けれど彼女は間違いなく、隼人の言動に傷ついたはずだ。それを看過《かんか》すべきではないと、誰かが彼に教えるべきなのではないだろうか。

「彼女を傷つけたことは悪いと思わないの？」

「それはもちろん。でも最初から傷つける気だったわけじゃないよ」

「当然だよ。初めからそのつもりだったんなら、とっくに君を軽蔑《けいべつ》してる」

「わあ、されなくてよかった」

どうしようもなく絡んだ糸を解くように、ひとつひとつ質問を投げかけると、そのどれに対しても隼人は真摯《しんし》に言葉を選《よ》りながら答えを返してくれる。

「じゃあ、どうして彼女が傷ついたかはわかる？」

「うん。彼女は俺に恋愛を求めてたんだね。でもそういうのは無理だよって、最初にみんなに言ってあるんだけどどな」

「どうして無理だって思うの？」

「うーん、恋愛自体がよくわからないから、かな。だって恋愛って、誰か一人としかシたくないって気持ちになることなんでしょう？」

たくさんの人とシた方がぜったい楽しいと思うんだけどな、と隼人がふわりと笑ってみせる。

（これは重症だ…）

自分もさんざん恋愛に疎いと周囲からは言われ続けてきたが、さすがにここまでではない。

彼が求めているのは所詮、快楽だけなのだ。あくまでも体のみの交歓で、気持ちの交感は求めていないのだろう。

昨日、自分にあんなことを言ったのもけっきょくはヤリたかっただけ、ということだ。よくよく考えれば、彼は「好きになる」と言っただけで、「好きだ」とは言われていない。「好きになって」とは言われたが、だから「好きになってくれる」とも限らないわけで。

（そうか、そうだよね…）

己の快楽のためなら平気でそんなことを口にできるタチの悪さと罪作りさを、彼はそろそろきちんと学習すべきだろう。

「君の好きは、シたいかシたくないかだけなの？」

「うん、そうだね」

「でも、好きってもっといろんな気持ちのことをいうんだと思うよ。この人が大事だなとか、幸せになって欲しいなとか、恋愛以外なら君も知ってるでしょう？　家族とか、友達とか」

「――ああ。家族はすごく大事だね。それに友達も」

それと恋愛はどう違うの？　と問われて、湊はきゅっと唇を引き結んだ。

自分だってけして詳しい領域ではないが、在りし日の睦《むつ》まじい両親の姿や、周りにいた恋人たちの姿を思い浮べると、ほんの少しだがこういうものなんじゃないかという感覚や概念はあった。

「たぶん、理屈じゃなくて、理由もなく好き――ってのがそうなんじゃないかな」

家族だから、友人だからという理由もなく。

ある日突然、赤の他人がこの世の誰よりも愛おしくなるのだ。

その人のすべてが欲しくなったり、己のすべてを捧げたくなったり、その人のためなら命を懸けてもいいと思えるほどの情熱――。それから、ほかの誰かではなく自分だけを見ていて欲しい。自分だけに笑いかけて欲しいという、飽くなき独占欲と切望。

(たぶん、それが恋愛)

そう思った途端、ガツンとハンマーで頭を殴られたような気持ちになった。

「あ……」

ずっと目を逸らしていた事実が、ふいうちで目の前に降ってくる。

隼人が誰かに笑いかけるたび、触れるたびにズキンと痛んでいた胸。そういうシーンを目撃するごとに募っていくのは、できれば自分だけにそんな一面を見せて欲しいという利己的な願望だった。そんな浅ましい気持ちを認めたくなくて、胸の底に押し込めて見ないふりをしていたけれど。

彼にキスされるのが、必要とされるのが自分だけだったらいいのに——。何度となくそう感じたことを、湊は胸の痛みとともにようやく自覚した。

(じゃあ、これが……恋愛?)

目の前の隼人の顔が、急に眩しく感じられて慌てて目を逸らす。

そう認識してしまったら、とても目なんて合わせていられなかった。眠りに落ちるたび現れた彼の幻影も、自分の潜在的な欲望が見せたものだったのだろうと、いまならわかる。

「どうかした?」

そう言って覗き込んでくる黒曜石の瞳を掌で遮りながら、「ううん、別に…」と声を弱らせる。だがあろうことか、その手を取った隼人が自身の赤く腫れた頬へと宛がってしまう。

「ちょ…っ」

「あ、冷たくて気持ちいい」

掌に感じる彼の体温。熱いそれを意識した途端、湊はカーッと肌を紅潮させた。

昨夜もこの体温に囚われて、はしたないキスに溺れる夢を見たばかりだ。昨日はとうとう服を脱がされて、胸の尖りまでを唇で撫でられる夢だった。目覚めた時も自己嫌悪と羞恥で消え入りたくなったけれど、いまはとてもその比ではない。

「は、離して…っ」

「どうして？」

湊の掌に頬ずりしながら、隼人がうっとりと両目を細めて微笑みかけてくる。

（そんな顔されたら…）

まるで夢の続きを見ているようだった。そんなにも蠱惑的に微笑まれたら、誰だって勘違いしてしまうだろう。そのうえあんなふうにキスされたり、好きだよなんて甘く囁かれたら、どんな相手だって隼人に堕ちてしまうに違いない。

（これがすべて無自覚だなんて）

彼を自分だけのものにしたい、そう思ってしまうだろう。

こんな罪悪がはたして許されるのだろうか——。好きになってから気づくのでは遅いのに、そうと気づいた時にはもう抜け出せなくなっているなんて、魔性にもほどがある。

「サイアク、だ…」

小さく零した弱音は、隼人にまでは届かなかったのだろう。涙腺が緩みそうになって慌てて上向いた湊の挙動にも気づかず、うっとりと目を瞑った隼人が囁く。

「あのね——前にあなたが言ってたこと、少しは俺も考えたんだよ」

「え…？」

「自分を大切にしろってやつ。あんなこと言われたの初めてだったから、すごく嬉しかったんだ。でも意味がよくわからなくて、毎日考えてる」

自分の言葉が彼に響いていたのが嬉しい、と思う気持ちと。

きっと本意は伝わらないのだろうという、徒労と無力感とが同時に湧き上がる。

「俺は自分を大切にしてないのかな？　そのせいで、目に見えないところでも誰かを傷つけてる？できれば誰も傷つけたくないのに。みんなで楽しく、気持ちよくいたいだけなのにな」

その言葉すらがすでに刃だという自覚を、彼は持てないのだろう。

優しくて残酷。思いやり深い、無神経——。

無垢で純粋で悪気がないだけに、どんな目に遭っても憎むことすらできないなんて。

(なんてひどいループなんだろう…)

嵌《は》まったら最後、あとはひたすら同じ場所をぐるぐると回り続けるしかない。

十七年生きてて、初めて好きになったのがこんな相手だなんて——。

『恋を知らない、可哀想な子よ』

真芹の言葉は、あの時点では自分にも向けられていたのかもしれない、と思う。その言葉の意味がまるでわかっていなかったのだから。でもいまは違う。

それがどういうことなのか痛いほどにわかる。

（こんなに苦しいんだ…）

イメージでいえばキラキラしてたり、甘かったり、パステルカラーだったり。そういうものなんだと思っていた。こんなにも苦しく、つらいものが恋だなんて思わなかった。

でも知らなければよかったとは思わない。初めて父や母の気持ちがわかった気がした。何かを捨ててでも貫きたかった思いや衝動、それはここから生まれたんだとようやく知れたから。でも――。

こんな思いを知らないままに、彼はこれからも生きていくんだろうか？　向けられる恋情を理解もできずに、これからもこうして無頓着に、理不尽な誘惑を垂れ流すつもりなのだろうか。

先ほどの少女のように、そして自分のように誰かを陰で泣かせながら。

でもどう伝えたところで、それをわかってもらえるだろう？

考えただけで途方もなくて、気が遠くなる。

恋を知らなければ、自分がどれだけ残酷なことをしているかなんて知りようもないだろう。

でもいったい、誰が。

（彼に恋を教えられるんだろう？）

口内に残っていた甘い風味が、次第に苦いものに変わっていく。

「誰かを好きになるってどんな感じなのかな。あなたを好きになれば、俺にも恋愛がわかる？」

どこか夢見がちな、陶然とした口調で呟いてから、隼人がふわりと目を開いた。

黒曜石の瞳がじっとこちらを見つめている。

「ねえ、キスしてもいい？」

否定の意味で首を振ったのに、まるで見えていないかのように乗り出してきた体。

そんなふうに顎を取られて見つめられたら、拒めるはずなんてないのに。

「この唇はいま、俺だけのものでしょう？」

囁きながら唇を重ねられる。なんて幸せで、残酷なキスなんだろう。

次第に貪欲《どんよく》になる舌と唇に抗えないまま、湊はややしてから自らもそっと舌を絡めた。ひっきりなしに上がる濡れた音。だが湧き上がる羞恥を凌駕《りょうが》するように、次々と愛しい思いが込み上げてくる。

「――気持ちよかった？」

いままでいちばん長かったキスを終えて、ぼんやりとした頭のまま頷くと隼人が「よかった」と子供のような無垢さで破顔した。その笑顔が目に痛くて、視線を逸らす。

嬉しいのか悲しいのか、自分でもよくわからないままに湊は滲んできた涙を指先で拭った。

「あ、できれば涙も」

と言いかけた隼人の台詞を遮ったのは、「失礼」とその場に割り込んできた誰かの声だった。

「隼人に客だよ。食堂の入り口でアヤカ先輩が待ってる」

「ああ、そういえば約束してたっけ」

ちょっといってくるね、と席を立った隼人がついでのように湊の頬をするりと撫でていく。

「——…っ」

その感触に反射的に唇を引き結ぶと、隼人に声をかけた人物が「すみません、ホント…」となぜか謝りながら、入れ替わりのように向かいの席に腰を下ろした。

「あいつがずいぶん、ご迷惑をおかけしてるみたいで」

短く刈られたライカンらしい明るい茶髪を掻き上げてから、男がメガネのブリッジをついっと人差し指で押し上げる。端整な顔立ちといい、爽《さわ》やかそうな雰囲気といい、どこからどう見ても好青年な彼にじっと目を留めていると、男が「あ、申し遅れました」と懐から一枚の名刺を取り出した。

「俺、八重《やえ》樫仁《がしじん》といいます。真芹から、お噂はかねがね」

差し出された名刺には名前と携帯番号、メールアドレスのみが記されている。字面《じづら》には覚えがなかったけれど、名前の響きには引っかかるものがあった。

「もしかして、便利屋ジンくん?」

「あー、あいつそんなふうに言ってました?」

やれやれだな…と苦笑しながら、八重樫が肩を竦めてみせる。

「ま、そんなような副業もやってまして、真芹とはいちおう幼馴染みやってます。で、あっちの天然も俺の幼馴染みだったりするんですけど」

「え…？」

「アレの言動にお困りでしたら、いつでも一肌脱ぎますよ」

そんなことを言いながら、八重樫がにっこりと人懐こい笑みを浮かべた。

「ご存知かとは思いますが、彼に一般常識は通じないんで。幼馴染みの俺ですら、たまに翻訳機が欲しいなと真面目に考えるくらいですよ」

冗談とは思えないくらい憂い交じりの口調でそう零してから、八重樫が隼人の消えた方角にさっと視線を走らせる。

「ところでアレの本性にはもうお気づきですよね？　クラシックの体質があるにしろ、彼の場合、あの手癖の悪さは天性ですよ。言って直る類《たぐい》のモンじゃない。だから」

「だから……？」

「アレに堕ちたら地獄ですよって忠告にきたんですけど——もしかして遅かったですかね」

無言で俯いた湊に視線を戻すなり、八重樫は「手遅れだったか…」と小さく呟いた。メガネの向こうの眼差しに何もかも見透かされているようで、湊はますます表情を曇らせた。

「ま、それならそれで朗報はありますよ。彼、それこそどんな相手でも抱けるんじゃないかと思うほど節操なしなんですけどね」

その言葉に自然と眉が寄ってしまうのを感じながら、八重樫の言葉を聞く。

「極端な話、彼にとって体を繋ぐ相手ってのは誰でも一緒なんですよ。女の子はみんなお花みたいに可愛いよね、なんてよく言ってますけど、相手がどんな花だろうと彼は気にも留めてないんです。何人いようと、どれだけ回数を重ねようと、彼の中では誰もがいつまでもたくさんの花の中の一輪でしかない。だから誰にでも腕を開くし、誰に去られても何とも思わない」

それが隼人っていう生き物なんです、と淡々と紡《つむ》がれる言葉がザクッと胸に突き刺さった。だが、力ない瞬きで視界がブラックアウトした直後にまた言葉が続く。

「だから、ここまで誰かに興味を持ったのはあなたが初めてだと思いますよ」

「え…」

「前述の通りなんで、誰か一人に執着するってことがないんです。あの調子で誰にでも声はかけるけど、一度断られたらそれっきり。だからいまの状態はかなりめずらしいことなんですよ」

「……なんで、知って…」

「あー…あいつ、考えてることとわりとダダ漏れなんですよね。隠すことを知らないっていうか。実は二日前の料亭ん時、俺も一緒にいたんですよ。で、あなたと別れたあと、やけに恍惚《こうこつ》としてるからどうしたんだよって訊いたら、『すごく美味しい人だった…』とかうっとり言ってまして」

俯いたまま顔を赤くした湊には気づかないふりで、八重樫が先を続ける。

「あれが一昨日ですよね。昨日の時点でもあなたの話をしてましたし、今日になってもあなたに粉をかけている——。付き合いの長い俺らからしたら、これは超異例事態なんですよ」

（異例、事態……？）

八重樫の発した言葉が、少しずつ脳内に入っていく。スペックの悪いコンピューターのように時間をかけてそれを処理しながら、湊は恐る恐る視線を上げた。そこに止《とど》めを刺すように、八重樫がにっこりと笑ってさらに追加情報を囁く。

「ちなみに、男にここまで入れ揚げてるってのも初ですね」

まあこれだけキレイならわからないでもないけど、と細められた視線がゆっくりとこちらのシルエットを辿るのを見返しながら、湊はパチパチと瞬きをくり返した。

やっぱりクラシックはサラブレッドよりさらに容姿端麗ってあの話、嘘じゃないみたいですね。隼人の容姿もかなりかなとは思ってたけど、あなたの美貌はさらにその上だ。先日知り合った合成獣《キメラ》もそうとうでしたけど、負けてないっていうか。

「——聞こえてます？」

ややしてから八重樫の掌が、湊の視界を遮るように三度ほど左右に揺れた。

「あ…」

「お、焦点戻った。そういう無防備な顔、あんまり人に見せない方がいいですよ」

そんなよくわからないことを言いながら、八重樫がニッと犬歯までを見せて笑う。それからブロウレスフレームのメガネをついっと押し上げるなり、「ただ問題は…」と急に語調を鈍らせた。

「あいつに自覚がない点ですかね。というか、あれが恋なのかも俺らには判断つかないんですけど。

いずれにしろ、あなたに興味津々なのは確かですよ」

ひたすら瞬きをくり返す湊にそう結論を述べてから、八重樫が今度はなぜか少しだけ困ったような顔で緩く笑ってみせる。

「だからそういう顔、誰にでも見せちゃだめですよ」

「え？」

「俺、こう見えてもすっげー一途《いちず》に思い続けてる相手がいましてね。もう十年以上になるんですけど。そんな俺でもちょっとグラッときます、あなたの無防備な表情にはね」

「何、言って…」

「こういうのはギャップ萌えっていうのかな？　普段の澄ました姫キャラも悪くないですけどね」

さらによくわからないことを言いながら、八重樫がおもむろに身を乗り出してくる。

（──え）

伸びてきた手が前髪に触れるのを無防備に受け入れてしまった自分に驚きつつ、湊は意味がわからず八重樫の顔を見つめ返すしかなかった。

「その顔は反則ですって」

「反則……？」

「ええ。恋してる女の子は可愛いって言いますけど、男も変わらないってことですかね」

それで言うと俺も可愛いのかな…と独りごちた八重樫の頭が、直後にガクンと前方に傾いだ。

「いって…！」

「何してるの、八重樫」

どうやら背後に忍び寄った誰かのチョップが、見事に後頭部に入ったらしい。

「何してんだはおまえだよ、隼人…」

「チョップのこと？　よくわからないけど、なんかムカってしたから」

見惚れるような甘さで微笑みながら、隼人がそんなことを口にする。用件はもう済んだのだろうか。

若干《じゃっかん》乱れた服装で帰ってきた貴公子に、湊はきゅっと唇を噛み締めた。

「それは嫉妬ですか、隼人さん？」

「shit?」

「ちげーよ。まあそう言いたい状況だけどさー…」

秤《はかり》で量れそうなほど重い溜め息をついてから、八重樫が立ち上がって通路に出る。

「ということで、何か困りごとがありましたら、携帯かそちらのメアドにいつでもどーぞ」

湊が手にしたままの名刺を指差しながら、八重樫がまたついっとメガネを押し上げてみせる。

「何の話？」

「隼人には関係ねーよ。って、ちょ…っ押すなよ」

早い退出を促すかのようにグイグイとその背を押す隼人の腕は——残念ながら湊の位置からは見えなかった。だから八重樫がその後に零した軽い嘆息の意味も、続いて発された言葉の意味も、よくはわからないままに聞く。

「どうやら、赤飯の用意してた方がいいっぽいですね。――そんじゃ失礼します」

首筋を擦りながら去っていく八重樫の背中を呆然と見送っていると、その視線を遮るように隼人が視界にフレームインしてきた。

「こういうのって、よくあること？」

「え？」

「ああやって誰かがあなたに触るの。あんまりいい気分じゃなかった。……なんでかな」

ほとんど独り言のように呟きながら、隼人が傍らに立ったまま湊の頬に両手を添えてくる。

「せめて、キスだけは俺以外としないでね」

言いながら身を屈めようとした隼人の唇の端に、うっすらと光る何かが付着しているのが見えた。

(グロスだ…)

約束していたという女生徒の唇を彩っていただろうそれが、よく見れば首筋にも顎の裏にもついている。まるで所有印のように。

自分は誰にだって、そうやって触らせるくせに――。

「……やめて」

触れられそうだった唇に手の甲をあてて庇うと、湊は首を振って隼人の拘束を解いた。

どれだけキスをされても、どんなに甘い言葉をもらっても、彼といる限りこうして何度も、自分だけのものじゃないと思い知らされるのだろう。

（キツイな、これは……）

ズキズキと痛む胸をシャツの上から押さえながら、湊はきゅっと唇を噛み締めた。

「どうかした？」

湊の様子に気づいたらしい隼人が首を傾げるのと同時、いくつものメールが彼の携帯を鳴らす。こちらに向いていた意識が、一瞬で携帯の向こう側へとすべて持っていかれてしまう。

「全部、女の子から…？」

「うん、そう」

そのひとつひとつに丹念に返信する隼人を見ながら、湊は自身の嘆息に苛立ちが交じっているのを自覚した。彼を好きでいる限り、こんな痛みに耐え続けなければならないのだろう。でも。

（こんな不公平なものが、恋？）

そう思ったら、急にむくむくと理不尽な憤りが胸に湧き起こった。悪気がないからといってすべてが許されるものではない、とそう断罪したい衝動に見舞われる。

「――まだ、俺と付き合いたいって思ってる？」

「もちろん」

「本気で？」

「うん」

無垢な瞳が見返してくるのを待ってから、湊は無理難題を告げた。

「でもその本気が俺には信じられないんだよね。不特定多数の相手と繋がってる限りは、さ」

「マンツーマンじゃないと、ってこと？」

「そう」

自分の主張は、隼人の「主義」とは相容《あいい》れないはずだ。けれど自分と「恋愛」したいというのであれば、そこが矛盾することをまずわかって欲しい。

（……わかってくれるとは限らないけど）

こちらをきょとんと見つめている表情を見る限り、これはむずかしいかもしれない…と思いつつ、湊は食べかけのプレートを手に立ち上がった。八重樫からもらった名刺をポケットにしまうのを、隼人がなぜかじっと目で追いかける。それには気づかず、また溜め息を零すと。

「まずはそこを正してもらわないと、何もはじまらないよ」

湊は、隼人の返事を待たずにテラスを立ち去った。

あの性格や素行《そこう》が、これで変わるとは思っていない。ただほんの少しでもいいから、いまの言葉が心のどこかに引っかかってくれればいい。

そう願いつつ、湊は足早に食堂を目指した。

「何これ…」

「見合い写真だよ。見ればわかるだろ？」

家に帰るなり、リビングのテーブルに山積みにされていたソレに湊はげんなりと肩を落とした。

（そういえば、前にも…）

これと同じようなものが寮に大量に送りつけられてきたなと、数年前のことを思い返す。その時は興味本位でパラパラとめくってはみたのだが、今日はとても見る気にならず、うずたかく積まれた様を一瞥しただけで自室に向かおうとした湊に。

「この老いぼれに、曾孫《ひ》を見せてやろうって気にはならないのかい…？」

操が芝居がかった調子でハンカチを嚙み締めてみせる。

「曾孫なんてもうたくさんいるでしょ」

三文芝居には付き合わずそのまま踵を返すと、操が「確かに、腐るほどいるわな」とけろりとした調子でハンカチを投げ捨てた。

「でも瑞の孫とくりゃ、また別だよ」

お茶ふたつ、とキッチンの方に声をかけてから、さっさと自分は応接間の方に向かってしまう。こちらの分のお茶まで頼まれてしまったので、湊は仕方なくそのあとに続いた。

「曾孫が見たいだけなら、そのうち見られるんじゃない？」

「そのうちってのは百年後くらいのことかい？　あんたの自発性を待ってたんじゃ、千年経ったってきっとこのまんまだよ。あたしゃ、どれだけ長生きすりゃいいんだい」

「それまで生きる気なわけ？」

「あたり前さね。こんな気がかり残しといたら、死んでも死にきれやしないよ」

あげくソファーに腰かけるなり、百歩譲って曾孫は諦めるからさっさと配偶者を決めてしまいな、とわけのわからない譲歩をされて、湊は溜め息交じりにその向かいに腰を下ろした。こめかみを押さえた拍子に、手首にアッシュブロンドが降りかかる。

「あんたのバタくさい容姿を好みそうなのを選んでおいたよ。白い装丁《そうてい》がその中でも家柄のいい面子《メンツ》で、青い装丁が顔のいい面子だ。ま、好きに選びな」

（やれやれ…）

それにしても前回の料亭作戦に比べたら、何とも拍子抜けするほどに控えめな要求ではある。

「強行作戦はもうやめたの？」

「お望みならいくらでもセッティングしてやるよ」

「遠慮しときます」

藪をつついて蛇を出すのは、どう考えても愚作だ。

大人しく口を噤んでから、湊は運ばれてきた玉露《ぎょくろ》に手を伸ばした。熱しやすく冷めやすいタチのせいか、祖母は説教すらも長続きしない。こうしてゆっくりと杯を傾けているうちに、やがて嵐はすぎ去るだろう。そう、いつものように。

「――せめてあんたの希望でもありゃ、こっちだって的を絞りやすいんだけどね」

「希望？　相手の容姿とか？」

「そうじゃないよ。普通は『こうなりたい』って理想像や夢が無数にあるもんなんだよ。なのにあんたの将来の展望ときたら、まったくの白紙じゃないか」

「別にそんなことないよ。ただ平穏に暮らせればいいなーって、それだけ」

「平穏ねえ」

確かに自分には、「将来の夢」というものがない。そのうちできるようになるかと思っていたのだが、十七のいまになっても就《つ》きたい職業のひとつすらなかった。

これというものに未だ出会えていないだけかもしれないし、もしかしたら自分はそういったことに対する興味や意欲が周囲より低いのかもしれない、と思うこともある。

（でも）

逆に訊きたい。どうしてみんな、そんなにも明確なビジョンを持っているのかと――。

どこにいても何をしていても、自分は自分だ。環境で変わるものなど微々たるものでしかない。適度に暮らせるだけの収入と余裕があればそれでいい。平穏を望むならそれで充分だ。だから何を選んでもそう大差ない、そういう気がしてならないのだ。

「まったく。受け身かと思いきや強情なのは、母親似かね」

「そう？」

「瑞は受け身すぎて手を焼いたけど、あんたもかなりの困り者だよ。自発的には動かないくせに、けしかけられるのは嫌がるんだから」

「普通、誰でもそうだと思うけど…」

祖母が自分を心配してくれているのはわかる。だがだからといって、あの手この手で無理やりに縁を結ばせようとするのはいかがなものか。そう反論すると、祖母はハッと笑いながら顔を歪めた。

「あんたに恋しい相手でもいるんなら話は別さ。家も名前も何もかも捨てて、添い遂げたいと思える誰かがいるんならね。いない限りは好きに動かせてもらうよ」

「いればいいの？」

「ああ。そしたら、あたしだってこんな野暮はしないさ。——いるのかい？」

いない、と即答してから湊は温《ぬる》くなりはじめたお茶を一口含んだ。喉元でわだかまっていた何かと一緒に、それを呑み下す。温かくて苦いものが食道を落ちていった。

いるなんて素直に言ったところでどうなるものでもない。というよりも、むしろ。

（この人にだけは言えない…）

相手が隼人だからということもあるけれど、それ以上に種族違いであることの方がいまは重く感じられた。父と母が紆余曲折《うよきょくせつ》を経ながらも、最終的に結婚を認められたのは同族だったからだ。

魔族の結婚観は、恋愛観とはイコールにならない。結婚はあくまでも家のため、恋愛はあくまでも自分のため、そう線引きして割りきるのがあたり前の世界だ。親の定めた相手と結婚しそれなりに幸せに暮らす人もいれば、配偶者とは別の相手を互いに作り、恋愛や火遊びを楽しむ者もいる。どちらかといえば後者の方が多いだろう。

恋愛結婚をはたした両親に育てられたからか、それともたんに性格なのか、湊はそういう風潮にもどうしても馴染めないでいた。好きになった人と名実ともに一緒になりたい——。それが唯一、胸に抱いている「夢」のようなものだ。だが母親の偏った夢物語を聞いて育ったせいか、恋愛に現実味を持てないままに、いままできてしまった。

——いつか誰かを好きになって、その人と長く平穏に暮らせたらいい。

それが、漠然と描いている未来予想図のすべて。

(ああ、そういう意味でもアウトなんだ…)

あまりにも多難な自分の「初恋」がよもや実るとは現時点ですら思っていないが、そんな夢見る余地すらないことに気づいて、湊は瞼《まぶた》の裏が暗くなったような気がした。

俯いた孫の様子を操が窺っているのには気づかず、湊は目を伏せたままもう一度湯呑みに口をつける。さっきよりも苦く、冷たくなったお茶が食道を流れ落ちていった。

「何だい、急に暗くなったね」

「そんなことないよ」

心とは裏腹に声のトーンを引き上げると、湊は伏せていた目を操に向けた。

「ただ、ちょっと疲れてるだけ。あと風邪気味だし…」

「風邪、ねぇ」

「今日はもう横になろうかな」

「夕飯はいいのかい？」

「うん、やめとく」

交錯する思いで胸がいっぱいで、とても食べ物など入る気がしない。

（両思いだったらまだよかったのかな…）

八重樫がもたらしてくれた朗報は、確かに一時は胸を温めてくれたけれど、彼も言っていた通り、隼人が自分に抱いてくれている興味が「恋心」から発生しているとは限らない。それを確かめたいと思う気力すらいまの湊にはなかった。確かめてもし違ったら、今度はどれだけの痛みと衝撃を味わうことになるのだろう？　だったらこのまま恋を失くした方が、きっとまだ痛くない。

（こんなの……）

後ろ向きな自分の思考に唾棄《だき》したい思いまでを味わいながら、湊はきつく唇を噛み締めた。自覚した途端にいろんな意味で終わっていた恋を、どう処理していいのかわからず途方に暮れる。

中空にぼんやりと視点を据えていると、おもむろに操が膝を叩いた。

「よし。そんじゃ、期限を切ろうかね」

「は？」

「今日から二週間以内に、好きな人を作ってここに連れてきな。そしたらそれがどんな相手だろうと、無条件で許してやるよ。だが、できなかった場合はこっちの決めた相手に嫁《とつ》いでもらうよ」

「……そんな横暴な」

「なーに。これくらい追い込まなきゃ、おまえは自分のこと考えないだろ？」

いいかい、自分自身がどうしたいのかをいちばんに考えな――。指を突きつけてそう宣告すると、祖母は一気にお茶を飲み干してから応接間を出ていった。

（まさか本気、じゃないよね…？）

ふと思いついたことを、衝動的に口にしてしまっただけの話だろう。祖母にはよくあることだ。放っておけばそのうち撤回されるのではないかと、それほど気にもかけないまま迎えた翌日――。

食卓に朝食とともに載せられていた二つ折りのカードを開くなり、湊は思わず絶句してしまった。仰々《ぎょうぎょう》しい「佐倉家・婚約披露《ひろう》パーティー」の文字の下に、自分の名前とそれから二週間後の日付とが印字されている。

「何、これ…」

「ああ、それ。昨夜のうちに作らせて投函《とうかん》しておいたよ」

「なんでこんな…」

「これくらいしないと、おまえは動かないだろ？」

「は？　あんな条件でいいなんて誰も…っ」

「悪いとも言わなかったじゃないか。こういうのはね、やったモン勝ちなんだよ」

まさか、佐倉家の名に泥を塗りゃしないだろうね？　とすごまれて、湊は両手で額を覆った。今日も下がっていなかった微熱が、ショックで高熱に変わったような気すらする。

印字された会場の名前には覚えがあった。昨年末に叔父《おじ》の結婚披露宴が催《もよお》されたところだ。ちょうどこちらに里帰りしていたので祖母に連れられて赴《おもむ》いたのだが、会場の規模と豪華さ、招かれている人数の多さに圧倒されたのをよく覚えている。

「あの時とほぼ同じ規模でやるよ」

「そんな無茶な…！」

「さあ、これで尻に火がついたろ？　死ぬ気で頑張んな！」

（やられた……）

カカカッ、と闊達に笑う祖母に胡乱《うろん》な眼差しを送りながら、湊はカードの間に溜め息を挟んだ。

5

「うちにも届いてたわよ、これ」

学校で顔を合わせるなり真芹にカードを見せられて、湊はくらりと眩暈に襲われた。

朝の話は実ははったりで、カードもあの一枚きりしかなかったのではないかとほんの少しだけ希望を抱いていたのだが、どうやらその線もこれで消えたらしい。

「ずいぶん広範囲に配ったみたいね。友人や兄のところにも届いてたって聞いてるし」

「見事にやられた…」

「あら、相手が決まったわけじゃないの？」

昨夜から今朝にかけての顛末を説明すると、真芹は「よかったじゃない！」と湊の肩を叩いた。

「どこが？」

「だってそれ、すごい条件よ。二週間以内に連れてけば誰でも認めてくれるんでしょ？」

「二週間後には、誰かと確実に婚約するはめになるけどね…」

「それはまあ、そうね。適当なの見繕《つくろ》ってその場しのぎに、ってわけにはいかないわね」

婚約披露の場など設定されていなければそれで充分逃げきれたろうが、恐らくはそれを見越したうえでの先手だろう。どうやら操は、本気で誰かと湊とを婚約させてしまう気らしい。

「おばあさまも、また思いきったことしたわね」

「たぶん本当に退屈なんだ、あの人…」

「そういうところホント、佐倉の血よねぇ」

「――他人事だと思って」

「ええ、他人事だから楽しいのよ」

自席で項垂れる湊の隣で、真芹がいつもの高笑いを決めてくれる。

(周り中、注目してるし…)

ここまで笑ってもらえたらいっそ清々《すがすが》しいと思うほどの勢いに呑まれながら、それでもやっぱり胸に広がった暗雲は少しも晴れてくれない。

「やーね。変に深刻になられるよりは、笑い飛ばされた方が気楽でしょ?」

「そうでもないです」

「あらそ?」

真芹がそんな有様だからか、それともすでに湊の婚約話が噂になっているのか。今日は初日に負けないくらいの野次馬が、朝のHR前の時点で廊下に鈴なりになっていた。

「今日は賑《にぎ》やかになるわね、きっと」

「まさかこの話で…?」

「いいえ。実は、もっと大きなスクープがあるのよ」

「スクープ？」

わざとらしく肩を竦める真芹を横目に見やっていると、ふいに扉口の人波を掻き分けるようにして一人の女生徒が教室に踏み込んできた。大股でこちらに近づいてくるなり。

「あんたなんか大っ嫌い！」

悲鳴じみた叫び声とともに湊の頬が鳴った。

（え？）

瞠目《どうもく》した湊に殺気の籠もった視線を投げかけてから、即座にUターンした華奢な背中。出入り口の野次馬が今度はさっと両脇に分かれて道を開いた。その隙間を風のように走り去っていく彼女を見送ってから、湊はようやく叩かれた頬に手をやった。

「……何、いまの」

「だから言ったでしょ、スクープだって。――いまのは第一陣ってところかしらね」

「何の話…？」

「今日いちばんのホットニュースよ。あの病的な女タラシが、ストックの女子全員に別れを告げたんですって。こっちも、ずいぶん思いきったことしたものね」

「誰のこと？」

「もちろん、お隣の隼人くんの話よ」

（え――？）

どうやら人は驚きすぎると、瞠目する余裕すらないらしい。

口を開いたまま、固まりきった湊の耳元に真芹がさらに言葉を重ねる。

「噂じゃ本命ができたんですって。でもこの様子だと、本命《スケープゴート》が誰かはダダ漏れみたいね」

「……まさか」

「張り手食らう理由、ほかに心あたりある？」

呆然と真芹の瞳を見返したところで、また扉口の人波が揺れた。

「ほーら、第二陣がきたわよー」

釣られて見るとテニス部の部室で見かけた少女が、般若《はんにゃ》のような形相で近づいてくるところだった。

湊が息を呑むのと同時、ダンッと、机に拳が叩きつけられる。

「あなた、何したのよっ」

「俺…？」

「隼人はみんなのものなのよ。それなのに、あとからきてどういうつもり…⁉」

あの日、不愉快そうに自分を一瞥した顔がいまは涙で歪んでいた。いったいいつから泣いているのかと思うほどに、真っ赤に泣き腫らした両目——。

化粧が崩れるのも構わず、少女は眇めた瞳からポロポロと大粒の涙を零していた。

「誰か一人のものにならないから隼人なのに……っ」

何度もそう訴えながら、やがて嗚咽《おえつ》で言葉を詰まらせる。

「あんたなんか……さっさとアカデミーに帰っちゃいなさいよ…ッ」

しゃくり上げながら必死に絞り出される言葉に、始業のチャイムが重なった。

「――さあ、いきましょう」

涙で喋れなくなった彼女の背に手を添えて、真芹が教室の外へと静かに連れ出す。

チャイムを潮《しお》に野次馬たちも散り、ややして担任が教室に入ってきた。そこでようやく日常が戻ったように、クラスメイトたちの視線も次々と湊から離れていく。

(彼に、会わなきゃ…)

その一心で立ち上がると、湊は担任の制止も聞かずに教室を飛び出した。

だが隣のクラスで空振りに遭い、それではと向かった昇降口にも人影ひとつ見あたらない。己の目算が甘かったことを思い知ったのは、闇雲に走ってすっかり迷子になってからだった。

「地図持って出ればよかった…」

校内マップをいつもならブレザーのポケットに忍ばせているのだが、今日に限って鞄の方に入れておいたのだ。地図で目的地に辿りつけるほど湊の方向音痴は軽くないが、それでも現在地の確認くらいには役立ってくれる。

(……どうしよう)

途中からは教室に戻る気で歩きはじめたのだが、歩けば歩くほどに見覚えのない景色が展開されていく現状に湊は心細さを覚えていた。やがて校舎とは思えないほど豪奢な区域に立ち入ってしまい、戸惑いのあまり足を止める。地図同様、教室に置いてきてしまった携帯が悔やまれてならない。

とにかくこの区域から抜け出さなければと慌てて引き返したつもりでしかし、さらに奥へと入り込んでしまったようだ。

「どこなんだろう、ここ…」

重厚そうな扉が続く廊下の途中で、途方に暮れてまた足を止める。

せめて誰かと行き会えば道が訊けるのに、教室を出て以来まだ誰にも会っていなかった。辺りの静けさともあいまり、まるで異次元にでも迷い込んでしまったような不安に苛《さいな》まれる。

「どうしよう…」

語尾のかすれた自分の囁きに、ふっと誰かの吐息が重なった。

(あ…)

直後に香水とは違う、清潔感のある匂いがふわりと鼻腔をくすぐる。

「今日はここで迷子?」

心細さで縮めていた体を、ぎゅっと背後から抱き締めてくる腕。さらに濃くなった肌の匂いに、湊は強い眩暈を覚えた。

「それとも、俺を待っててくれた?」

だったら嬉しいな、と囁きながら、隼人が湊の首筋に鼻先を埋めてくる。

「——いい匂い。すごく」

こんなにも近づいていた気配を察せなかったのは、それだけ不安で心が搔き乱れていたからだろう。それがほんの一瞬で、たとえようのない安堵に充たされていく。

「どうしてここに…」

「うん。ちょっと仮眠しようかと思って」

隼人が手にしていた記章をすぐそばの扉に翳してから、カードキーで施錠を解く。レッドサインだったセキュリティモニターがグリーンに切り替わった。ガチャリと開いた先に広がっていた光景は、学校の施設とはとても思えない、高級ホテルの一室といった風情だ。

落ち着いた深緑のクロスに、同系色でまとめられた絨毯《じゅうたん》やカーテン。マホガニーで統一された家具類と、シャンデリアの真鍮《しんちゅう》とが入り口からの光を受けて鈍い光沢を見せる。紗《しゃ》のカーテンだけが引かれた薄暗い室内に一歩踏み入ると、靴底が深く絨毯に埋まった。

「ここ、は…?」

「サロンだよ。たまに昼寝とか、ちょっとしたコトに使わせてもらってるんだ」

「誰でも使えるの…?」

「いちおう階級上位者だけ、ってことになってるけど」

湊を伴って室内に踏み入りながら、隼人が自身のブレザーの襟にアルファベットの「K」を象ったデコラティブな記章を戻す。湊の襟にあるのは「P」だ。階級を表すこの記章は、チェスの駒になぞらえているのではなかったろうか。すなわち。

（キングとポーン——最上級と最下級、か）

最初の学校説明で「K」を胸に留める者はそう多くないのだと聞いている。ルーク以上であればアカデミーから誘いがくることもあるのだと。

学年に数人しかいないキングで、ヴァンパイア御三家「各務」の嫡子《ちゃくし》で、さらには魔族としての正統なるクラシックの血まで継ぐ人物——。そのうえ、この容姿でこの物腰だ。彼はきっと、たくさんの女の子の「王子様」だったんだろうなと思う。

だから、きっと許されていたんだろう。

無自覚に誰かを誘惑して、理不尽にその愛を放り出しても。

いや、その無垢で残酷な振る舞いこそが彼だったのかもしれない。そんな彼をこそ、彼女たちは愛していたのだろう。そうして成り立っていた世界のすべてを。

（俺が壊してしまったのかもしれない……）

自分勝手な正義と道徳を振り翳して、あとからやってきた分際で何もかも——。

打たれた頰がいまさらのように痛んだ。あの二人以外にどれだけの女の子が泣いたのだろう。いま思えば、八つあたりにも近かった自分のたった一言がきっかけで。

（まさか、こんな…）

予想外の展開に、湊は知らず唇を嚙み締めていた。

彼に現状を改めて欲しかったのは本当だ。自分だけを見て欲しいという利己的な思いに突き動かされての衝動ではあったけれど、けしてこんな不幸の連鎖を生み出したかったわけではない。

彼が自分だけを見てくれる——なんて、これで喜べるほど自分も能天気ではない。そもそも、恋愛相手として目されている確証すらどこにもないというのに。

(……これじゃ、だめだ)

背後で扉が閉まり、再びロックされる。すぐに部屋の明かりをつけようとした隼人の手を取ると、湊は静かに首を振った。

「つけないで。このままで…」

明るくなったら自分の顔色がバレてしまう。それに隼人の瞳や表情をはっきりと見たくなかった。そうでないと決心が鈍ってしまうから——。

「どうかした?」

「あのね。いまさらすぎるとは思うんだけど、昨日の言葉、撤回させてもらえるかな」

「撤回?」

「そう。君が断った女の子たち全員に、君の発言を訂正して回って」

「どうして?」

声が震えないよう細心の注意を払いながら、湊は描いた筋書き通りの台詞を辿った。

「——冗談だったんだ。君がまさか真に受けるとは思わなかったから」

相思相愛ならシてもいいとか、マンツーマンじゃないと信じられないとか。そんなの全部、嘘。すべて冗談。君をからかってただけなんだ。それなりに楽しめたけど、もう飽きちゃったから。

「全部なかったことにしたいんだけど」

冷めた表情でそこまで告げると、湊は熱のない視線で隼人を見上げた。

漆黒の瞳がきょとんとこちらを見つめている。湊に言われた言葉を反芻するような間があってから、やがて端整な面立ちに感情が浮いてくる。それは憤りでも、戸惑いでも、悲しみでもなかった。

「……え」

(なんで、笑うの…?)

するりと伸びてきた手がトンと胸に宛がわれる。

「前にも言ったよね、体は嘘つかないって」

「あ…」

「少なくともあなたは俺を嫌いじゃないし、いままでの言葉も嘘じゃなかったって知ってるよ。それから何か理由があって、いまそんなことを言ってるのもね」

薄暗い部屋の中で、黒曜石の瞳が甘い艶を帯びる。

「俺がみんなにお別れしたのは、あなたに信じて欲しかったからだよ。——不思議なんだけど、あなたに本気だってわかってもらえるんなら、何でもしたいって思ったんだ。何でもできる気がした」

ねえ、これって恋かな? と隼人がふわりと表情を華やがせた。

「何、言って…」

「いまなら、ちょっとわかる気がするんだ。誰か一人としかシたくないって気持ち。ううん、あなたさえいればほかに何もいらないって感じかな？　こういう気持ち、初めて」

「——……」

夢でも見てるんじゃないかと思って、強く舌先を嚙んでみる。そのあまりの痛さに涙を浮かべると、溢れる前に隼人がペロリとそれを舐め取った。

「美味しい…。けどちょっと苦いのは、どこか痛い？　苦しいの？」

宛がわれたままだった掌が呼吸を助けるように胸を擦ってくる。だが、そうされるほどに息が苦しくなって、湊は気づいたらしゃくり上げていた。

「それは、俺を好きってこと…？」

「うん。そうみたい」

溢れる涙を指先で拭いながら、隼人がまた唇を寄せてくる。次々と零れ落ちる涙を優しく吸われて、湊の背筋に甘い戦慄が走った。

「昨日よりも一昨日よりも、どんどんあなたを好きになってるよ。——あなたは？」

吐息交じりに囁かれてふと我に返る。

（だめ。ここで流されたら、元の木阿弥《もくあみ》……）

慌てて左右に首を振るも、隼人はまるでめげるふうもなく「そう、わかった」と呟くだけだった。

「じゃあ、のんびり待ってるから。ゆっくり俺を好きになってね」

泣き止まない湊を胸に抱いて、隼人が子供にするようにトントンと背中を叩く。

「あなたと、ちゃんと両思いになりたいんだ」

「そんなこと…」

「ああ、嫌いになったらそう言ってね？　すごくつらいけど、そしたら頑張って諦めるから」

でも、なるべくならそうならないで欲しいな…と、吐息とともに耳元に吹き込まれる。

「俺だけのあなたになって欲しい」

「――…」

そんなことを言われて、こんなふうに抱き締められてしまったら。

（……諦められるわけないじゃないか）

ブレザーの背に両手を回すと、湊はきつくその身に縋った。

「こんなふうに誰かを大事に思うのが恋、でいいんだよね？　間違ってない？」

確かめるように呟きながら、隼人の手がぎゅっと抱き締めてくる。

嬉しすぎて気が遠くなるかと思った。自分だけが特別だと、そう言われることがこんなにも幸せだとは思わなかった。能力のためでも、血縁だからでもなく。

誰かに欲される喜びが胸を駆けめぐる。それも――。

（好きな相手に求められるのって、こんなに嬉しいんだ…）

いよいよ止まらなくなった涙を味わいながら、隼人がうっとりとした口調で囁きを零す。

「どんどん甘くなってくね」

頬に寄せられていた唇が鼻先に降りてきて、ちゅっと鼻頭を吸われた。すぐに今度は上唇だけを啄ばまれる。唇の輪郭を辿るように動いていた舌先に、自身の舌をそっと押しあてると待っていたように唇を割られた。一気に深いキスを仕掛けられて。

「んン、ふ…うっ」

戸惑いと、それを遥かに上回る歓喜とが体中を走り抜けていく。

（あ、また……）

下腹部や首筋——全身のそこかしこで立て続けに何かが破裂するような感覚に見舞われる。それが弾けるたびに背筋を駆け上がる何かが「快感」であることに、気がついた瞬間。

「ン——…っ、んんっ」

びくびくと下半身が戦慄いていた。

恍惚と陶酔に充ちた終焉《しゅうえん》を迎えてもなお、隼人のキスは終わらない。さらに口内を深く探られて、湊はその感触にまた軽い絶頂を覚えた。

（こんな…っ）

触れてもいないそこが、熱く昂って濡れているのがわかる。

隼人の舌に、唇に求められるたびに、何度でも快感の波が押し寄せてくる。怒涛《どとう》の嵐に見舞われて、湊はブレザーに縋りながら必死に与えられる快楽と愉悦に耐えた。

「――気持ち、よかった？」

そうしてようやく唇を外された時には、もうすっかり腰が抜けていた。力なく寄りかかる湊の痩身を支えながら、隼人が赤くなった耳元に甘い吐息を吹き込む。

「これが本気のキスだよ」

女の子ならこれだけで何回かイッちゃうんだけど、と囁かれながら下肢の狭間を触られる。

「あ…っ」

「可愛い声」

宛がわれた掌で熱い芯をゆっくりと擦られて、湊は真っ赤になりながらブレザーをつかみ締めた。生地にシワが寄るほど両手に力を籠めて、小さく左右に首を振る。

「だめ……」

「大丈夫。相思相愛になるまで、最後まではシないから」

そうじゃなくて――と言いたかった唇をまた塞がれて、巧みな舌と長く器用な指先の与える快感にすっかり流されて、湊は数分後には射精まで導かれていた。

「もぅ……触んないで…」

「どうして？　まだこんなに熱いよ」

下着の中でイッてしまったものをなおも優しく擦りながら、「舐めてもいい？」と甘い声で問われる。何を、と訊ねる間もなく抱き上げられて、部屋の隅になぜか安置されていたベッドの上にそっと下ろされた。ドライではなく、ウェットな絶頂の余韻でぼんやりしている間に。

「え…っ」

スラックスと下着まで脱がされていたことに驚いて声を上げると、唇にすっと指先を宛がわれた。

「ここからは、もっと気持ちよくしてあげるね」

「や…っ」

「大丈夫だから、力を抜いて」

開脚させられた狭間に滑り込んだ隼人が、躊躇いもなく湊の屹立に舌を絡めてくる。

「ん……こっちも美味しい。形もキレイだね」

「……ッ」

「ああ、そんなに零さないで。もったいないから、少しずつ出して」

言葉の合間に濡れた欲望を可愛がられて、湊は声もなく身悶えるしかなかった。

どこを弄れば湊が快感を覚えるか、そのポイントをひとつひとつ発見されながら、その刺激によって出てくるものを一滴も逃すまいと、どこまでも追いかけてくる唇と舌。

「……ッ、ア」

「すごい、どうしてこんなに甘いのかな——。これって、焦らしたらもっと甘くなる?」

二度目の絶頂を迎えてもなお、愛撫が弱まる気配はなく。

そうしてはじまった享楽の宴《うたげ》に、湊はいつしか意識を手放していた——。

目覚めると新しいシーツに横たえられていて、すぐそばに隼人の寝顔がある。

（信じられない…）

快感に煽られて乱れてしまった記憶があまりに鮮明で、湊はきつく唇を噛み締めた。

隼人の中では挿入にさえ至らなければ最後までシたことにはならないらしく、それ以外のことはずいぶんされてしまったように思う。

（く、口でなんて……っ）

何もかもが初めてだというのに、隼人は次々と濃厚な絶技を披露してくれた。内腿《もも》の筋が震えるほどに焦らされて、喘ぎすぎてすっかりかすれた声で、何度絶頂をねだるはめになったことか。一方的にイカされるばかりで、隼人自身は制服すら脱がなかったのを思い出して、そういう意味でも隼人の中にある「セックス」の定義に、いまの出来事はあて嵌まらないのだろうと思う。

「まったく…」

恥ずかしすぎて死ぬかと思うほどの目に遭わされたというのに、隼人に対して愛しさしか込み上げてこない自分の胸中には我ながら感心してしまう。

「――好きだよ」

最中にも何度か問われたけれど、一度も答えられなかった言葉。寝ているいまなら何度でも口にすることができる。

　昨日よりも一昨日よりも、確実にその思いが増しているような気がしてならない。目に見えて量れるものではないけれど、一昨日はまだこんなふうにそばにいるだけで切なさを味わうことはなかった。昨日だってこんな安息を感じるほどではなかった。

　そのいずれの変化も、きっと体を重ねたからだろう。恥ずかしくて堪《たま》らなかったけれど、こんなに充たされた気持ちになるなんて。体だけではなく、思いも同時に重ねたからだろうか？

　器用に嘘がつけるタチではないと知っているから、隼人のくれた言葉はどれも胸に響いた。

(言えればいいのに)

　自分も好きだ、と。できれば隼人の思いに応えて、ずっとそばにいたい――と。

　けれどそうはできない現状が、ずしりと湊の肩には載せられている。さすがの祖母も、種族違いの相手を許しはしないだろう。魔族界広しと言えど、異種族婚などそうあることではない。そのいずれもよほどの事情があるか、家のための結婚生活を務め終えての再婚といった話ばかりだ。

　思いが通じ合う喜びを知ってしまったがために、置かれている環境の苛酷さが身に沁みる。

　それでもやはり、恋をしなければよかったとは思わない。こんな気持ちを持てて幸せだったと心底思う。知らないのと知っているのとでは大違いだ。たとえほんのわずかな間だけでも、好きな人と思い合えた記憶があればこの先もきっと生きていける。

　あの指先を、熱い唇を、互いの恋情を何度でも思い返して、反芻できる。

（それだけでも充分…）

しばらくしてから目覚めた隼人が、湊の頬を流れていた涙に伸ばした指先を濡らした。横たわって向き合いながら、黒曜石の瞳が不安げに翳るのをじっと見つめる。

「どうして泣いてるの…？」

「——内緒」

「もしかして、どこか痛かったりした？」

枕にアッシュブロンドを波打たせながら首を振ると、隼人が安堵したように小さく息をついた。まだ完全には目覚めていないらしい、どこか焦点の定まらない眼差しを掌で覆ってから囁く。

「付き合ってみようか」

「本当？」

「まずはお試しって感じだけど」

お試しどころか、すでにこんなことまでしてしまったあとなのだが、隼人の定義でいえば自分たちはまだ付き合っていないどころか、どんな関係にもカテゴライズされていないはずだ。

「相思相愛を目指して？」

「うん」

そう言って頷くと、隼人が子供のように微笑んだ。

二週間後、この表情を曇らせることになるのかと思うといまから胸が痛むけれど、それでも一度知ってしまったこの体温を手離すことなどできない。

視界を覆っていた手で汗に濡れた前髪を掻き分けると、湊は露になった額にキスを落とした。

きっと言葉にさえしなければ、こちらの思いが正確に伝わることはないだろう。

『好きになれなかった』

最後の日にそう伝えて、終わりにしてしまえばいい。

もしかしたらそんな時でさえ、隼人はあの蕩けそうな笑みを浮かべているかもしれない。何しろ、予測のつかないことばかりする性格だから。

「もう一回スル？」

「……今日はもう充分」

「早く最後までシてみたいな」

うっとりと緩んだ表情から目を逸らすと、湊は無言のまま唇を引き締めた。ぼんやりとした眼差しでこちらを見ていた隼人が「あ、そうだ」と何か思い出したように呟く。

「何？」

「あなたの名前、訊いてもいいかな」

「……まさか知らなかったの？」

「うん。名前を知らなくても、あなたはあなただから。でも、やっぱり呼びたいなって」

「ミナトだよ、佐倉湊。――クラシック名はクリスティン・シュナイダー」

「あ、実は俺もクラシックなんだよ」

「知ってる。クォーターなんだってね。成熟前だってのも聞いたよ、実は俺もなんだけど」

「すごい。どうしてそんなに知ってるの？」

君に興味があるから、とは言わずに「さあ、なんでかな」と言葉を濁す。

「ミナト」

「何？」

「いい名前だね。湊って」

「——ありがとう」

また視界が潤むのをぐっと堪《こら》えて、ほんの少しだけ口角を引き上げる。途端に隼人が、これまで見た中でいちばん甘い微笑みを浮かべてみせる。

「初めて見た、湊の笑顔」

「そうだっけ…？」

「もっと笑って。湊の笑顔、すごく可愛い」

首筋を染めながらはにかむと、隼人がさらに蕩けそうな笑顔になる。

「泣き顔も可愛かったけど、笑ってる方が似合うね。さっきよりもっと、好きになったかも」

「……現金だなぁ、もう」

近づいてきた唇が触れるだけのキスをくれる。

短い蜜月の幕開けに、湊は涙を堪えながら笑った――。

6

それからの日々は、ひたすら甘い毎日だった。

これまでは何となく数えていたキスを、サロンでの蜜事以降は数えなくなった。というよりも、数えきれなくなったからだ。ＴＰＯを弁《わきま》えず、どこにいてもキスをしたがる隼人に最初はほとほと困惑したが、湊が逡巡すると察したようにすぐ、パチンと指が鳴る。——結界のおかげで、人の多い場所でするキスにもだいぶ慣らされてしまった気がする。

隼人との交流にはひたすら「未知との遭遇」的ギャップがつきまとい、最初は何度も頭痛を起こしかけたけれど、互いの尺度の齟齬《そご》を説明してみると意外に通じたりもするので、湊はなるべく対話を試みるよう心がけていた。

これはそうじゃなくてとか、その場合はこうなんじゃない？　とか、そう口を挟むたびになぜか隼人はとても嬉しそうな顔をする。

『姉さん以外でそんなふうに言ってくれるの、湊だけだよ』

八重樫をはじめ周囲の者たちはどうやら、隼人の言動にはおおむねスルーで対応しているらしい。そのせいか些細な突っ込みも真剣に聞いてくれるので、こちらとしても無闇なことは言えない。湊も常に真摯に、隼人の素朴な疑問にひとつひとつ正面から向き合った。

祖母にはとても言えなかったが、真芹と八重樫にだけは「お試し」で隼人と付き合いはじめたことを告げた。真芹には根掘り葉掘りいろいろ訊かれるかと覚悟していたのだが、彼女は意外なほど何も詮索してこなかった。ただ、頑張ってね、と一言だけ励ましてくれた。

八重樫には「いつでも赤飯の用意しときますんで」と言われたのだが、相変わらずその意味はよくわからないままだ。ただ隼人の変化は友人としても好ましいらしく、応援してますよと肩を叩かれた。ちなみにその日はそれ以降、なぜか隼人の機嫌が傾いてしまい難儀したのだが、その理由の方もいまもって不明のままだ。

――蜜事以来、隼人はキスだけでなく、体の触れ合いを頻繁《ひんぱん》に求めるようになった。もちろん最後までではなく口や手でされる程度のことだったが、それだけでもそうとう恥ずかしくて、湊は三度に一度しか許可を出さなかった。それでも一日おきくらいに脚を開かされた計算になるのだが…。隼人の機嫌が傾いたあの日は「早く俺だけの湊にならないかな…」と、いつになくしつこく焦らされて一度もイカないまま朝を迎えたのは苦い思い出だ。

真芹や八重樫にも他言無用を頼み、隼人にも「これはテスト期間だから」と、二人の付き合いはけして周囲に漏らさないよう厳重に言い含めた。

のちのことを考えれば、二人の関係が明るみになるのはまずい。傍目《はため》にもそうとわかるような状況を作るのは躊躇われたので、交際をはじめてからは校内でもなるべく顔を合わせないように気をつけた。誰かの口から祖母の耳に入るような事態だけはどうしても避けたい。

そうして距離を演出するようになってからは、急速に女の子たちの視線も和《やわ》らいだように思う。真芹情報によると、そのぶん陰で隼人に声をかける者が続出したらしいが、隼人は律儀なほどマンツーマンの約束を守ってくれていた。それにしてもこれまでの動向がよほどだったのか、一週間以上が経っても校内の噂は隼人の変わり身のことで持ちきりだった。自分の婚約話についてはほとんど語られていないところをみると、きっと生徒レベルではなくその親世代に流通している話題なのだろう。変に勘ぐられても困るのでその傾向はありがたかった。

校内での接触は最低限に留め、連絡は携帯か八重樫を通じて取るようにしていたのだが、ごくたまに我慢が利かなくなるのか、昼休みや放課後に隼人がふらりと湊を補給しにくることがあった。そんな時は結界が大いに役立ってくれたのだが、けしてキス以上は許さなかった。何度かサロンにも誘われたが、隼人があの部屋を使用するとなると用途が限られてしまうため、周囲の勘ぐりを避けるためにも、湊がその線を崩すことはなかった。

――キスだけなら、本当に何度したのか知れないなと思う。隼人はまるで食事でもするように、湊のキスを欲しがった。慣らされた体はうっかりするとキスだけで射精にまで至ってしまうので、校内では一回につき三十秒以内という制限までつけるはめになった。

校内で触れ合えない分、放課後から夜まで、時には朝までの時間を湊は隼人との逢瀬《おうせ》にあてた。

週末には遠出のデートにも連れていってもらった。真芹が言っていた通り、段取りのよさやさりげない気配りの巧さはかなりのもので、湊はこの恋が期間限定であることを何度も忘れた。

だがそれを思い出させるように。

『好きになってくれた？』

日に何度も重ねられる問いに曖昧《あいまい》な答えを返すのが、湊は次第につらくなりはじめていた。

そうして迎えた、十一月最初の水曜日――。

その日は放課後になってから、あの公園のベンチで待ち合わせた。各務家の車でいろんな場所へも連れていってもらったけれど、互いの家からも近い、最初に会ったこの公園で穏やかにすごす時間が湊はいちばん好きだった。

奏《かな》でられるヴァイオリンの響きに耳を傾けながら、切なさが込み上げてくるのをぐっと堪える。

あまりにも日々「好きだよ」と言葉にされるので、たまには言葉以外でと頼んでみたらこんなふうに曲を弾いてくれるようになった。楽器は日によって違ったけれど、曲はいつも変わらない。

隼人曰く、これはセレナーデなのだという。本当は恋人の部屋の窓の下で弾くんだよ、などとどこかで聞いたようなことを言いながら、ほぼ毎日のように聞かされる隼人の思い。

（ありがとう、隼人…）

この旋律をどこかで耳にするたび、きっと自分はいまの気持ちを何度でも鮮明に思い出すのだろう。頬を撫でてくれた指の温かさも、くれるキスの優しさも、いまここにあるすべてを。そしてその時には失っているだろう、何もかもを――。

弾き終わると決まって聞かされる台詞が、今日も今日とてくり返される。

「ねえ、好きになってくれた？」

ベンチに並んで腰かけながら、問われた言葉に「あと少しかな」と言葉を濁して笑ってみせる。

（あと少し――）

祖母の決めたタイムリミットまで二日を切っていた。明後日にはこの手に触れることも叶わなくなるのかと思うと、ほんの少しの時間でも惜しくて仕方ない。隣に座る隼人の手に掌を重ねると、至極自然な仕草でもう片方の手に顎を取られる。もう何度目になるかわからないキスを交わす。

「今日もだめ？」

「……体調があんまりよくないから」

求められて、一方的な快楽には何度も追い込まれたが、隼人は相変わらず湊に快感を与えるだけで自分の快楽を追及しようとはしない。

『こういうのは不公平なんじゃないの？』

三度目の時にそう訊ねたら、「ううん、充分もらってるよ」と笑いながら言われたのだが、与えられるだけの一方通行な交接は、逆に与えられないもどかしさを湊の中で増幅させた。その切なさがあまりに募るので、今週の半ばからは周到にそのテの誘いを退けていた。

いまにも好きだと言ってしまいそうな気持ちを、必死に堪えながらの蜜月は、甘くも苦い。

「風邪、長引いてるね」

「本当にね…」

体調が悪い、というのも嘘ではない。微熱は相変わらずで、眩暈や動悸も定期的に起こる。佐倉家かかりつけの医師にも診てもらったが、ライカン用の風邪薬を処方されただけに終わった。

（いつまで続くのかな）

症状が出はじめてもう二週間以上が経つ。薬を飲んでもいっこうによくならない体調に疑問を抱きながらも、それ以上悪化することもないのでともすると忘れてしまいがちなのだが。

「そういえば、俺もずっと微熱気味なんだよね」

「うつっちゃったかな…？」

「でも、湊がくれるものなら何でも嬉しい」

そんなことを言いながら、隼人がふわりと花のような笑みを浮かべる。

（あと数日は、この笑顔は俺だけのもの――）

ついそんなことを考えては潤みそうになる目元を、湊はぎゅっと指先で押さえた。その様子を労《いたわ》しげに見ていた隼人が「大丈夫？」と小声で訊いてくる。

「送ってこうか？」

「――平気。タクシー捕まえるから一人で帰れるし、それにまだ早いよ」

デートのたびに家まで送るという隼人の申し出を、湊は毎回断り続けていた。

できれば祖母と隼人を会わせたくない。勘のいい祖母に気づかれるのも、隼人に不用意なことを口にされるのも得策ではない。それに隼人も、察しはかなりいい方だ。

「湊が最近つらそうなのは、風邪だけのせい？」

「どうして？」

「なんとなく、そんな気がしたから」

漆黒の瞳がにわかに翳るのを「体調のせいだよ」と首を振って誤魔化《ごまか》そうとするも、最近はあまり功を奏さない。

「本当に——？」

艶のない眼差しでじっとこちらを見つめる隼人に、湊は困ったように口角を引き上げた。

「信じられない？」

「少しだけね」

「心配性だなぁ…」

鋭い観察眼を掌で覆ってから、自分からキスを仕掛ける。隼人が指を鳴らすのを合図に、何度も角度を変えては甘い熱を貪った。

「ん…っ、ぁ……ふ」

いつものように溢れる唾液を惜しむように隼人の舌が縦横無尽に口内を蹂躙《じゅうりん》する。その獰猛《どうもう》さに触発されるようにして、湊も次第に理性を失っていった。

「——…っ」

軽い絶頂に身を震わせたところで我に返る。

「イッちゃった？」

隼人の手があらぬところにいきつく前に、湊は慌ててそれを引き止めた。

「ドライだけ…」

「ウェットはいらない？」

「……体調がよくなったらね」

残念そうに目を伏せた隼人が「早く最後までシたいなぁ…」と独りごちる。

あれだけ奔放な性生活を送っていた隼人からしたら、いまの状況はありえないほどの禁欲状態なのだろう。ごくたまに零されるそういった呟きの重さが、日に日に増していくような気がする。この数日に至ってはキスや抱擁のみしか交わしていない。

そういった愚痴《ぐち》はほとんど口にせず、雰囲気にも滲ませない隼人だったけれど、時折ひどく切なげにこちらを見ていることは知っている。ともすると許してしまいそうになる自分と戦いながら、湊はこの数日をすごしていた。

「キスだけなら…」

「うん、ありがとう。それにキスだけでこんなに美味しいんだもんね。セックスなんてきっと大変だと思う。楽しみはあとに取っておいた方がいいよね」

いつものようにそう言いながら、隼人がふふ…と口元を緩ませる。邪気のない笑みを見つめながら、湊はずっと気になっていたことを思いきって訊いてみることにした。

「――それ。いつも言ってるけど、どういう意味なの？」

「意味？」

ふとした時に隼人が零すそのフレーズについて、気になりつつも今日までなんとなく訊ねる機会を逸していたのだ。というより、そう評されるのが恥ずかしくて訊きづらかったのだが…。

「ああ、湊が美味しいって話？　それは俺がヴァンパイアだからだよ」

「ヴァンパイアだから？」

かつてはヒトの生き血を吸うことで、命を長らえていた種族だ。長い年月を経て、いまとなっては吸血を要することなく、ヒトと同じ食物で生きていくのに充分な体質を獲得したらしいが、血に対して過敏になるのはその名残りだと聞いている。

「ヴァンパイアは美食家だって話、聞いたことない？　三種の中では味覚がいちばん発達してるんだって。だから湊の味も、俺にはよくわかるんだよ」

「でも、血じゃないのに…」

「あのね、本当は血に限った話じゃないんだよ。『生気』は体液全般から摂取できるから」

「生気？」

「うん。エナジーっていうか。言葉ではうまく説明できないんだけど、すごく美味しいんだ」

「ヴァンパイアはそれを求めて吸血してた、ってこと？」

「そういうこと。でも、吸血はあくまでも摂取方法のひとつにすぎないんだよ」

「へえ」

他種族のそういった事情や詳細は、実は互いにあまり知らないことが多い。

初めて聞くヴァンパイアの生態に、湊はいままで出会ったヴァンパイアの何人かを脳裏に思い浮べた。彼らも「生気」の味を知っていたのだろうか?

そう訊ねると、隼人はどこか気の毒そうに緩く首を振った。

「残念なことに、いまのサラブレッドは昔ほど味覚が鋭いわけじゃないんだって。時代とともにいろいろ退化してしまってるからね。でも俺には、クラシックの血が入ってるから」

「あ、そうか」

そのおかげで、本来あるべき特質をも兼ね備えているのだろう。

ライカンの場合もそういった話はよくある。たとえばサラブレッドにおいてはほとんど退化した機能「獣容変化」を、自在にこなすクラシックも中にはいるのだという。その血を少しでも引いていれば、いまのサラブレッドのように「耳」だけが獣化する中途半端さを嘆くこともないだろう。残念ながらシュナイダー家にはそこまでの能力は残っていないので、湊もその中途半端さを嘆く一人なのだが、それでも一般のサラブレッドたちに比べれば嗅覚や気配の察知には優れている。

「生気ってね、男性よりは女性の方が甘くて美味しいんだよ。人によって味も様々なんだけど、でも生気がいちばん美味しくなる瞬間を知ってる?」

漆黒の瞳に艶を宿らせながら、隼人がうっとりと言葉を続ける。

「――快楽の絶頂時なんだよ。より芳醇《ほうじゅん》でまろやかな、深い味わいになるんだ。あの味を一度知ってしまったら、なかなか普通の生気じゃ満足できないんだよね」

「それで、たくさんの女の子とヤッてたわけ？」

「うん、それも理由のひとつ」

相変わらず内容にはそぐわない優美さで、隼人が貴公子然とした微笑みを見せる。それを呆れた眼差しで見返しながら、湊はやれやれ…と心中だけで肩を竦めた。

「いままでたくさんの子とシてきたけど、キスだけであんなに美味しかったのは湊が初めて。涙も唾液も普段であれだけ美味しいんだから、セックス中なんてどんなことになっちゃうんだろうね」

「あ、そ…」

「うん。考えるだけでワクワクする。だからシてみたくてしょうがないんだ」

そう言い終わるなり、隼人が首を傾けて軽いキスを湊の頰に贈る。

（……ちょっと待って）

ふいに飛来したある疑問が、小さな波紋を胸中に広げた。それが次第に大きくなっていくにつれて、サアーッと血の気が引いていくような心地になる。

隼人が自分を求める理由。一心に欲しがってくれる理由が、まさか――。

「ねえ、それだけ？」

「え？」

「俺とシたがる理由って、それだけ…？」

「うん」

ことともなげに肯定されて、目の前が一瞬で真っ暗になった。その間も隼人の独白は続く。

「クラシックって、みんな湊くらい美味しいのかなぁ」

いつか機会があったら試してみたいなって思うんだけど、でも湊がいてくれればしばらくはいいかな。いままでいろんな子の生気を口にしてきたけど、湊の味がいちばん舌に馴染む気がするんだよね。

最初のキスを覚えてる？　あの時は一瞬、夢でも見てるのかと思ったよ。

「あまりにも俺好みの味だったから」

そう呟いた隼人に、湊は呆然と見開いた目を向けた。

「隼人の好きって、そういう意味……？」

「そういうって？」

「シたいだけなの…？」

「うん。早く両思いになれないかな」

軽く頷いてから、それがどうかした？　とばかり、こちらを見返してくる黒曜石の瞳――。

いままでもらった言葉が走馬灯のように脳裏を巡る。好きだと、大事にしたいと言ってくれた。自分だけのものにしたい、と。てっきり自分を求めてくれているのだとそう思い込んでいたのだが、隼人が特別に思っていたのは。

（このカラダだけってこと……？）

甘い言葉と蕩けるような笑顔をくれたのも、すべては湊が「自分好みの味」だから。ただそれだけの理由で欲しがられていたのだと知れて、体中の血が抜き取られていくような気持ちを味わう。

何度も重ねたキス、交わした言葉、そのすべてが空回りしていた事実がずしりと胸に圧しかかった。十日以上をともにすごして、互いに歩み寄れたと思っていたのに。

（全部、勘違い……？）

少しは隼人も変わってくれたんだと思っていた。自分の投げかける言葉や思いに反応して…。でも彼の本質は、少しも変わっていなかったのだろう。

快楽と愉悦が第一で、恐らく第二以降はないのだ。きっと、ずっと一生このまま——。

「湊？」

黙り込んだこちらを窺うように、隼人が首を傾げる。

（……なんて澄んだ目なんだろう）

無垢に、真っ直ぐにこちらを見つめている漆黒の瞳。自身の欲望にどこまでも忠実だからこそ、彼の瞳は濁りなく純粋なのだろうと思う。残酷なまでに。

「————…っ」

不用意に口を開いたら言葉ではなく嗚咽が零れてしまいそうで、湊はしばし口元を覆った。

ややして強い眩暈に襲われて、きつく目を瞑る。回転性のそれに吐き気すら催しそうになって、湊は目尻に涙を滲ませた。

「湊…」

触れてこようとした手を片手で振り払って、眩暈が収まるのをじっと待つ。

（これが、初恋の結末――）

どうせ、数日後には終わらせようと思っていた関係だ。終焉が少し早まっただけのこと、そう思えばいい。互いの間を沈黙が支配していたのは、時間にすればほんの数分だったろう。けれど主観でいえば永遠にも等しかったそれを乗り越えて、湊はやがて言うべき言葉を口にした。

「――いま、わかった」

「え？」

隼人の反問を聞いてから、ゆっくりと一言ずつ慎重に声にしていく。けして嚙まないように、かすれないように、確実に聞き取ってもらえるように。

「俺はこの先一生かけても、君のことは好きにならないよ」

隼人の瞳がゆっくりと時間をかけて見開かれるのを、間近に見つめながら。

「だから、別れよう」

最後まではっきりと発声してから、湊は溜めていた息を吐いた。隼人の返事は待たずにベンチを立つ。彼が本質的に変わっていないのなら、これで確実にエンドマークがつくはずだ。

いままでにいったい何人が、こんな気持ちで彼のもとを去ったのだろう。

半ば賭けのようにして背を向けた子も中にはいたかもしれない。追ってきて欲しくてわざと挑発した子もいただろう。でも、自分は違う。追われないことを幸いにこの場を逃げるのだから。

（さようなら、隼人）

立ち上がる気配がないのを背中で確認しながら、湊は足早に並木道を抜けた。すでに夜の入り口をすぎた園内はどこも薄暗い。街灯に照らされた心もとない帰途を進みながら、湊は零れそうになる涙を必死に堪えた。泣いて喚いて、事態が変わるのだったらいくらでも泣く。彼が手に入るというのならどんなことだってやってみせる。けれどどんなに手を伸ばしても、声を嗄《か》らしても、彼の心に届くことはないのだ。一生懸けたとしても――。それを思い知らされた気分だ。

（ほら、追ってこない）

隼人の気配が動かないことに安堵しながらも、胸が引き絞られるような痛みを味わう。

でも、ほんの束の間でも幸せな夢を見ることができてよかった。いつかまた誰かに恋をして、その時こそはきちんと身も心も求められたい。いま誰かに夢を訊ねられたら、そう答えられるだろう。

祖母にもきちんと胸中を明かそうと思う。やはり、好きでもない人と一緒になるわけにはいかないと。思い合った人と添い遂げたいから――。お膳立てして発破《はっぱ》をかけてくれた祖母には悪いが、婚約披露パーティーもキャンセルしてもらうしかない。家名に泥を塗ったと詰《なじ》られても構わない。未来について譲れないものがある以上、流されて甘んじるわけにはいかないから。

「あ、いちばん星」

涙でうっすらと滲んだ星を数えながら歩く。

隼人と何度も歩いたおかげで、いまは園内のおおまかな地図も頭に入っている。吐息の淡い白さが頭上の星に重なるのを眺めながら、湊は上を向いたまま出口に向かった。

「さむ…」

冷え込みを感じて、ウールコートの前を掻き合わせる。星が少ない分、故郷やアカデミーにいた時よりも星座が判別しやすいのに感心しながら沿道に辿りついたところで。

(え……?)

ふいに黒い影が視界を横切った。

何だろうと思う間もなく、背後からいきなり口を塞がれる。薬品の匂いが鼻をつく。咄嗟に息を吸ってしまい、湊は強力な眩暈に囚われた。前後不覚になった体を別の手が横から抱き止める。

「ターゲット捕獲完了。――これより移送する」

別の方角からそんな報告までが聞こえてきた。さらに続いた言葉に戦慄が駆け抜ける。

「ああ、リストにある『増幅』能力者に間違いない」

「……っ」

「ブローカーには連絡済みだな？　わかった、すぐに向かう」

脱力した体を抱き止めていた男が、無言で湊の痩身を肩に担ぎ上げた。薬のせいなのか、視界がぼやけて判別が利かない。ともすれば闇に沈みそうになる意識を必死に奮い起こしながら、湊は薄闇に目を凝らした。黒尽くめの男が数人、自分を運ぶ男を中心に歩いている。気配は五人。薬で自由を奪われた体ではとても逃げられないだろう。

自分たちにとって有益な能力者を求める犯罪組織も、そういった者たち相手に商売をする輩も星の数ほどいる。稀少能力を持つがゆえに、常にこうした危険があることをアカデミーでは再三言われ続けてきた。けれど本当にこんな目に遭うなんて——。いまのいままで、真剣に考えてこなかった自分に腹が立って仕方なかった。

こうして捕らわれた能力者は闇組織に流されて薬漬けにされたうえ、使い捨てにされるのだという。講義や噂で聞くそういった者たちの末路はどれも悲惨で、聞くに堪《た》えないようなものばかりだった。

ついさっきまで真っ白だったはずの未来が、一瞬で黒く塗り潰されたようなものだ。

痺《しび》れて感覚のない手足が、男の早足に合わせて上下に揺れる。指先ひとつ、自分の意思では動かせない状況に絶望的な思いが怒涛のように込み上げてきた。

(助けて……っ)

声すら出せずに、ひたすら胸のうちだけで叫ぶ。このまま捕らわれて売られるくらいなら死んだ方がましだと思うのに、舌を嚙むことすらできない。

この国にきてからの出来事が、次々と脳裏に浮かんだ。

もっと些細な、けれどそれなりの窮地にも何度か追い込まれたけれど、そのたびになぜかいつも隼人が助けにきてくれていたことを思い出す。湊のピンチ時には必ずと言っていいほどに、絶妙なタイミングで彼が現れるのだ。

（隼人……）

まだ園内にいるだろう彼のことを思うと、涙が溢れた。

こんなことになるんなら、もっと自分の気持ちをぶつければよかった。

君が欲しくて堪らないのだと、隼人さえいればほかに何もいらないくらい好きなんだと。

（言えばよかった…）

あとからあとから湧き出す後悔が、止めどない涙になって溢れる。——と、唐突に悪漢たちの足取りがピタリと止まった。

「……何者だ」

低めた誰何が傍らから上がる。直後に、わずかに開いていた視界が急に歪んだ気がして目を見開くと、ついさっきまでそこにあったはずの地面が消え失せていた。黒々としたアスファルトがいまは、遥か下の方に見えている。見れば男たちの足は何もない空中に浮いていた。

「その人に触らないでもらえますか」

初めて聞くほどに冷えきった声が前方から聞こえてくる。いつもは蜂蜜《はちみつ》のような甘さに充ちているあの声が、こんなにも冷たく冴えたものになるのかと、にわかには信じられないほどの落差で。

湊を抱えていた男が、急にうろたえた声を上げて腕の力を緩めた。ずるりと落ちかけた体を慌てて抱え直される。その拍子に、月下でくり広げられている光景が視界いっぱいに映った。

（あれは、火竜……？）

　男たちと同じように宙に浮いた隼人が、背後に赤い竜を従わせながら眼差しを眇めている。紅蓮《ぐれん》の炎を思わせる色と形状に包まれた竜が、開いた口からゴウッと火炎を吹き上げた。その火力に怯んだ男がまたビクリと肩を震わせる。

「速《すみ》やかに引き渡してください。――彼に触れていいのは俺だけなんで」

　すべてイリュージョンで作り出した光景なのだろう。だが竜の吐く火に巻き込まれた端の男が、慌てたように発火した黒いニット帽を宙に脱ぎ捨てる。悲鳴を上げて熱がる様は、まるで本物のように見えた。パチパチと爆ぜる帽子が遥か下の地面へと落下していく。

　足場もなく宙に浮いている様も、竜の動きも、すべてがまやかしとは思えない完璧さだ。

「こいつ、例の『幻視』能力者です」

　湊を抱えていた男がリーダー格らしい男に耳打ちする。頷いた男が懐から何かを取り出した。それを素早いスイングで隼人に投げつける。それを避けようとした隼人の腕の先で、パンと鈍い音がして何かが弾けた。

「……っ」

　途端にまた、ぐにゃりと景色が歪んで元の公園の風景が広がる。

「いまのは魔力抑制のペイントボールだ。市販の物より百倍近く効果を高めてある」

　いくらクラシックの血が入っていても、これでは何もできないだろう？　勝ち誇ったように男が言

うのを、隼人がさらに研《と》ぎ澄ました眼差しで見返す。

「どうしても連れてくんなら、俺も一緒に…」

「君に用はない。消えてもらいたい」

男が開いた掌を翳すと、弾かれたように隼人の体が吹っ飛んだ。膝をついて衝撃に耐えながら、隼人が額の汗を拭う。その苦しげな表情を見て、湊はペイントボールの威力を知った。

凍えそうな外気に包まれているというのに、隼人はいまや汗だくだ。魔力を抑制されてもなお、能力を行使しようと足掻《あが》いているのだろう。漆黒の瞳が弱々しくもうっすらと光を帯びている。

「無理はするな。体に障るぞ」

「体なんてどうでもいい。彼を放してください」

「それはできないと言っている。おまえこそ、なぜこいつにこだわる?」

淡々と喋る男にきつい眼差しを据えながら、隼人が「簡単なことですよ」と荒い息で言葉を綴《つづ》る。

「俺の大事な人だからです」

「大事? 各務の長男にそんな感情があったとは驚いたな」

事前調査でだいたいのことは知っているぞ、と男がなぜか哀れむような調子で先を続けた。

「去る者は追わないのがおまえの主義じゃなかったのか?」

「いままではそうでした。でも、俺以外の誰かが彼に触れるのは許せない。彼を味わうのも、触れるのも俺だけの特権にしたい」

「勝手だな。それにおまえはもう、見限られたんだろう？　男なら潔く諦めろ」

「嫌です。彼は俺だけのものです」

子供のような強情さでそう言い張りながら、なおも瞳の光を強めようとする。だが限界を超えたのか、漆黒の瞳が一瞬、焦点を失った。その隙を逃さず、男がまた掌を翳した。

「…………っ」

目に見えない衝撃波が隼人の体をまた後方に傾がせる。

「無駄だ。体力と気力を消耗するだけだぞ」

男の言葉に反論しようとした唇が、苦悶で歪む。

（隼人…っ）

声にならない叫びを全力で絞り出しながら、湊は涙で歪む視界を指先で拭った。そこでようやく、少しだけなら手が動かせるようになっているのに気づく。

力尽きたように、隼人がガクリと両膝をつくのを見て、もはやかける言葉もないと判じたのか、主犯格が湊を抱えた男に進むよう指示する。

「時間がない、いくぞ。ここから新木場《しんきば》まではどれくらいだ？」

「えーと…」

自分を抱えた男の意識がほんの少し逸れたその一瞬で、湊は渾身の肘鉄を男に食らわせた。

「ぐ…っ」

鈍い声を上げた男の手が急激に緩む。崩れそうになった男の体から、ずるずると湊の痩身が滑り落ちた。ミナトッ、という隼人の叫びを聞いたような気がする。

「――――……っ」

漆黒の眼差しがこちらを見ているのを確認したうえで、湊は即座に能力を発動した。あらん限りの魔力を使って、隼人の力を増幅する。見つめていた隼人の瞳が光を取り戻した途端。

（これ、は……）

辺りが一瞬で暗闇に閉ざされた。

視界のあちこちにチラチラと瞬く小さな光――。見渡す限り広がっているのは、はてのない宇宙空間だった。地面に横倒れになっているはずの自分のちょうど真下に、地表の凹凸《おうとつ》すらはっきりと判別できるほどの、大きくてクリアな月が浮かんでいる。

「あなたがたを、この幻覚の中に一生閉じ込めることもできるんですよ」

音のない空間に冷たい隼人の声が響く。暗い艶を湛《たた》えた瞳が、彼の本気を物語っていた。

「……やれやれ、そうきたか」

主犯格が呆れたように肩を竦めてから、降参したように一度両手を掲げる。それから取り出した無線で「作戦中止、これより帰還する」とどこかに告げると、改めて高く両手を挙げた。

「君らにもう手出しはしない。ここから出してくれないか」

「そうはいきませんよ。俺たちがここを離れるまでは、宇宙をさまよっててください」

覚束《おぼつか》ない足取りで近づいてきた隼人が、倒れ込んだままの湊をそっと抱きかかえる。階段から落ちた時のように湊を横抱きにしてから、隼人は無言で暗闇の中を歩き出した。

五歩目で幻覚を脱した視界に、街灯の白く目映《まばゆ》い光が降り注ぐ。

(ああ、還ってこれたんだ…)

その白さに浄化されるように、湊はふつりと意識を手放していた。

次に目を開けると、まるでいつかのようにすぐそばに隼人の寝顔があった。

(ここ、は……?)

視線だけをめぐらせて、何度かきたことのある隼人の部屋らしいことを認識する。

あれからどのくらい経ったのかはわからない。見える限り時計もないので時間も知れないが、カーテン越しに窓を窺う限り、まだ夜の範疇《はんちゅう》にあるのだろう。

子供のようにあどけなく、けれど泣き疲れたようにも見えるその横顔にそっと手を伸ばす。

白く冷たい頰に触れた途端、奔流のような愛しさが込み上げてきて、湊はしばし唇を嚙み締めた。

(追いかけてきてくれた…)

その事実が、まず何よりも嬉しかった。

それに自分を欲しがってくれたことも、独占したいと言ってくれたことも——。

その気持ちが何に根ざしていたとしても、もう気にならないくらい隼人への思いが、自分の体いっぱいに広がっているのを感じる。

「隼人…」

頬を撫でながら小さく囁くと、閉じ合わされていた長い睫《まつげ》がゆっくりと開いた。その隙間から、いまにも滴りそうな艶を持った漆黒の瞳が現れる。

ぼんやりとしていた眼差しが、ややしてから湊の上で焦点を結んだ。

「——湊」

隼人の面差しが、優雅に花開くように微笑む。それを間近で見つめながら、湊も柔らかく唇を緩ませた。伸びてきた手が同じように頬の輪郭を辿り、唇の凹凸を指先で確かめる。

「湊がいなくなったら死んじゃうかと思った…」

そんなことを呟きながら、なおも夢じゃないと確認するかのように、隼人の手があちこちを探りはじめた。額、耳元、首筋、鎖骨の辺りまで降りてきたところで一度その手を捕まえる。

「これは現実だよね？」

「そうだよ。隼人の目の前にちゃんといる」

「よかった…」

心底安堵したように息をつきながら、隼人が長く揃った睫を震わせた。

「ごめんね、湊のこと傷つけたみたいなのに気づけなくて……ううん、どうして傷ついたのか、本当はその理由もわかってないんだ、それもごめんね」

「……うん」

伏し目がちな眼差しやわずかに震えている指先を通して、隼人の気持ちがじわじわと流れ込んでくるような気がする。戸惑いと安堵と、それから後悔と、はてしない切望――。

「でも、お願いだから別れようなんて言わないで。ほかの誰かが湊に触るのとか、ちょっと許せそうにないんだ。なんでかな……俺だけがこうして湊に触れられる存在でいたいんだ」

「俺が、君を好きじゃなかったとしても…？」

「うん。俺だけの湊でいて欲しい」

（まったく…）

あくまでも自分本位なその主張に、湊は思わず頬を緩めていた。その穏やかな表情には気づかないまま、なおも隼人が睫を伏せながら言葉を募らせる。

「俺だけが湊にキスしたり、脚を開かせたりする存在でいたいんだ。フェラも、焦らして泣かせたりするのも俺だけ。イカせてって言うまで可愛がったり、濡れた先端に歯を立てたり…」

「……あの、もうその辺で…」

「もちろん、湊の初めても俺じゃなきゃ嫌だよ？　たっぷり濡らしてぬるぬるになったところに入れていいのは、最初から最後まで俺だけ――。バックも騎乗位も、全部俺がゆっくり馴らしてあげるから。湊の気持ちいいところ、ひとつひとつ見つけて開発してあげる」

「ちょっ、もうそれ以上は…っ」

「ドライもウェットも、もっといっぱい覚えてね？　俺が入ってないとイケないくらい、たくさんたくさん教えてあげる。――だから」

俺を捨てないで、と黒曜石の瞳が甘い光をふわりと宿らせる。

（まったく、もう……）

なんて困った、愛しい人なのだろう――。

謝罪とわがままとが、目の前の瞳には何の矛盾もなく同居している。下心でも計算でもなく、ただ純粋に自分を欲してくれているのだと、痛いほどにわかる。

「……隼人が欲しいのは俺の体だけなんじゃないの？　俺の気持ちはいらない…？」

「そんなわけないでしょ。俺だって湊に求められたいよ」

「本当？」

「もちろん。体も心も全部欲しいし、俺があげられるものなら湊に全部あげる」

なんだ、心も欲しがられてたのか…と思うと同時に、胸のうちでわだかまっていた何かが、するりと解けたような心地になる。

（ああそうか、同罪なんだ……）

未だに不安げに睫を揺らしている隼人の表情に、湊は深い後悔を感じた。この気持ちを告げないままに離れようとした自分だって、充分罪深かったのではないだろうか。

こんなにも全霊で思いを向けてくれている相手に対して。

「好きだよ、隼人」

「え？」

「さっきの嘘だから。——本当はずっと、ずっと好きだったんだ」

たぶん、初めて会ったあの瞬間に、もう心を奪われていたのだろう。どうしようもなく、なす術もないほどに、身も心もすべて。

「本当に……？」

「うん。言えなくてごめんね」

潤む視界を笑みで細めると、溢れた涙が頰を滑った。

ようやく言えた言葉が、ゆっくりと時間をかけて向き合った瞳の奥に沁みていく。

「じゃあ、相思相愛？」

小さく頷いてみせると、隼人がふわりと表情を華やがせかけてから、またふいに曇らせる。

「それも嘘、ってあとから言わない？」

「言わないよ」

天下の天然を疑心暗鬼にさせるほど、自分の言動はずいぶん隼人を翻弄していたらしい。

「これが俺の全部」

「——じゃあ、湊の全部が俺のものってこと？」

今度は大きく頷いてみせてから、さらに笑顔までをつけ足してみる。——と。

「ん…っ」

その一秒後にはもう唇を塞がれていた。

甘噛みを交えたキスに溺れながら、体を辿ってくる指先や覆い被さってくる熱を全身で受け止める。キスの合間に半身を起こされて服を脱がされながら、湊も隼人の制服に手を伸ばした。この制服を脱がしたいとどれだけ思っていたことか。快感も与えられるだけじゃなくて、与えたいと。

ずっと胸に秘めていた切望。

(そのすべてが叶うのかな…)

キスも、深い触れ合いもそれなりに交わしてはきたけれど、最後までスルのは初めてだから。

これから踏み込む未知の領域を思うと、にわかに緊張が湧き起こってくる。その心持ちをはたして味で判断したのか、隼人が唇を外すなり「大丈夫だよ」と優しく囁いてきた。

「リラックスして。痛くなんてしないから。——最後までずっと気持ちよくしてあげる。だから湊も俺のこと、気持ちよくしてくれる？」

その言葉だけで首筋までを赤く染めながら、ん…と小さく頷く。それを蕩けるような笑顔で見守っていた隼人が、またキスを仕掛けてくる。

「んん…っ、ふ…」

さっきよりも深かったそれにすっかり耽溺《たんでき》した意識を取り戻した時には、湊は一糸まとわぬ姿にされていた。同様に裸身を晒した隼人を間近にして、心臓がうるさいほどに鳴りはじめる。

(隼人の匂いがする……)

いつになく濃厚なその匂いに、湊は軽い眩暈を覚えた。——同時に、抗いがたい欲情が衝動となって胸に込み上げてくる。

肌の温度をじかに感じたくて、伸ばした腕で隼人の身に縋る。

(どうしよう、堪らない…)

向かい合って抱き合いながら、湊は突き動かされるように隼人の肩口に鼻先を擦りつけた。

いままで経験したことがないほどの欲動が次々と膨《ふく》らんできて、いまにも何かが破裂しそうになる。

それが弾けたらどうなってしまうのか、わからない不安すらあっという間に凌駕《りょうが》してしまう衝動。

「隼人の好きにして…」

そう耳元で囁くと、首筋に落とされた唇が「うん、任せて」とかすかに動いた。

——その言葉をひどく後悔したのは、約一時間後。

「あ…っ、もぅ…っ」

横になった隼人の顔を跨《また》がされて、もうどれだけ経つだろう。

勃ち上がったソコを延々と舐めしゃぶられながら、ベッドヘッド側の壁に両手で爪を立てる。イキそうになると焦らされて、けれど意識がはっきりとする前にまた追い込まれて混濁させられる、そのくり返し。途中から完全に腰が抜けてしまい、膝立ちすら危うくなったところで、下から支える手が

腰から尻たぶに移動した。快感から逃れようと腰をひねるたびに、自然と左右に割れてしまう狭間がむずむずと次第に疼《うず》きはじめる。

「や、指…ぃや……っ」

ひっきりなしに溢れる先走りでとうにぬるついた後孔を、時折指先がくすぐるようにしてくる。その刺激で腰が逃げると、それを咎めるようにつぷりと先を埋められたりもする。

これまでの交接がいかに他愛なく、子供騙しであったのかを湊は嫌というほど思い知らされていた。そして、どれだけ隼人が手加減してくれていたのかも。

「アッ、――……ッ」

一度目の射精をようやく許されて、泣きながら前後に腰を振る。その頃にはもう両方の中指が深々と中に埋められていた。内部の締めつけを楽しむように動かされながら、湊はなかなか終わらない射精にひたすら追い詰められていた。

「ん…っ、ン、ん……」

それが焦らされたからなのか、圧倒的な性衝動のせいなのかは知らない。初めて味わうほどの長い快感に、湊は開きっ放しの唇から呑み込みきれなかった唾液を溢れさせた。

最後の一滴までもを強烈に吸い上げてから、隼人がゆっくりと屹立から唇を外す。

「ん……美味しかった」

うっとりとした口調でそう言いながら、絶頂の余韻でまだピクピクと揺れている湊の体をそっと横たえる。入れ替わるように身を起こした隼人が、中に残したままの右手中指でじわじわと内壁を弄《いら》いながら、空いた左手で湊の片脚を折り曲げた。捕らえた爪先を口元に持っていき、脚の指の間にネロリと熱い舌を這わす。

「や…ッ」

くすぐったさと得体の知れない感覚に見舞われて、湊が身じろごうとしたタイミングを見計らって、いつの間にか捉えられていたポイントを中指で的確に突かれる。

「――――…ッ」

それを何度もくり返されて、湊はイッたばかりだというのにすぐにまた屹立に芯を取り戻した。しかし肝心のソコは放置で、執拗《しつよう》にその愛撫だけを反復される。こそばゆさと半々だったはずの得体の知れない何かがほぼマックスになったところで、指が二本に増やされる。

「ひっ、ぃ……ぁっ」

過敏な足先に執拗に舌を這わされながら、湊は理性がドロドロに溶けていくのを感じていた。ただ舐められるだけの行為がこんなにも官能的なのかと思うほどに、隼人の愛撫は巧みで隙がない。

「湊の足の爪、ん……つるつるしてて貝殻みたい」

「ン、ぁ…っ」

「中の感触は海生生物っぽいかな。柔らかくてみっちりしてる。その中の硬いところが、ホラ」

「ア…ッ」

「湊のイイところ」

舌の愛撫とともに、中を探っている指もここというタイミングを逃さずに刺激してくるので、湊は息をつく間もなく喘ぐしかなかった。

そうして口を開いた後孔が三本指を呑み込めるようになるまで入念な愛撫を施すと、隼人はようやくチュプリ…と足の指を解放した。触れられてもいないのに完全に勃ち上がったソコが、下腹部の痙《けい》攣《れん》に合わせてピクピクと揺れる。

「――可愛い、湊」

その様を堪能するように目を細めていた隼人が、次にすることを理解できていたら湊は全力で抗っていただろう。だが気づいた時にはもう手遅れで、湊はなす術もなくシーツに引っくり返されていた。

腰だけを高く掲げる形で固定されて、今度は開いた隙間に舌の愛撫を受ける。

「やっ、隼人……ッ」

(嘘…っ、そんなとこ……っ)

どれだけ制止しても、嫌がっても聞いてもらえない。

快感でグズグズになった体をさらに蕩かせるように、今度は完全に声が出なくなるまでソコを指と舌とで丹念に解《ほぐ》された。前には触ってもらえないまま、生殺しの地獄を味わわされる。

「――……」

「もう、無理？　でも、いまイッちゃったらもったいないよ」

シーツに顔を押しつけながら、声なき声で嘆願する湊に鮮やかな笑みを返すと、隼人はトロトロと先走りを零す先端をそろりと指先で撫でてから舐めた。

「……いい味。これが熟成するまであと二時間くらいかな」

それから入れてあげるね、と耳元に囁かれて比喩《ひゆ》でなく気が遠くなる。

ヴァンパイアの特徴のひとつに「持久力」があることを、なぜはじめる前に思い出せなかったのか。自分の迂闊《うかつ》さを心底呪いながら、湊は新たにはじまった愛撫に背筋を波打たせた——。

「じゃあ、いくよ」

「ん……っ、ン」

そうやって時間をかけて解されたおかげか、初めての挿入は想像していたよりもスムーズだった。

隼人によれば後背位の方が楽にいくらしいのだが、すっかり力の入らなくなった湊にできるのは横たわっていることくらいで、隼人は湊の腰の位置を枕で調整すると、きちんと角度を見ながらゆっくりと自身を中に埋めてきた。

「わかる…？　俺のが中に入ってくの」

頷くたびにわずかに繋がりが揺れて、さらに中に在ることを意識させられる。

——正直、ここまで意識が持つとは思わなかった。

有言実行で二時間たっぷり焦らされた末に湊はつい先ほど、二度目の射精をまたも隼人の口の中で迎えたばかりだった。二度目だというのに量があったのは焦らされたせいなのか、それともこれ以上なくきつく吸われて、グリグリと後ろを弄られたせいなのか。もしくは違う理由があるのかはわからないが、湊は目の前が霞《かす》むほどの快感に押し流されながらも意識を手放すことはなかった。

「前も触ってあげるね」

「……っ、や…ッ」

「わ。中のうねりがすごくなったよ……吸い込まれそう」

「——…ッ」

ぐぐぐっ、とそのまま奥まで突かれて、湊は無音で喉を喘がせた。

いまだってこんなにも体は脱力しているというのに、中の感触や戯れに触れられる前の感覚は驚くほど鮮明で、隼人が動くたびにどちらも褪せない快感で湊を苛んだ。

「湊の可愛い。ピクピク震えてる」

二度の絶頂を経てもなお衰えず勃ち上がった湊のソコを、隼人が愛しげに両手で撫で回す。そのたびに蠕動《ぜんどう》する中の感触が、隼人にも快感をもたらすのだろう。

「すごくイイよ、湊…」

ただでさえ滴りそうな色気に満ちた隼人の容貌が、さらなる艶を帯びて甘く蕩ける。それを陶然と見つめながら、湊は充ち足りた息をついた。

(俺も、与えてるんだ……)

いままではひたすら一方通行だった快楽が、いまは互いの体を通じて行き来しているのが目に見えるようだ。その充実感を全身で感じながら、湊は与えられる快感に酔いしれた。

「ン……っ」

ゆっくりと律動をはじめた隼人を呑み込みながら、掻き毟ったシーツに爪を立てる。膨らんだ先端でポイントを擦るたびに、隼人は湊の屹立をまるで猫の子のように可愛がった。

「ん、美味し」

先走りをすくっては何度も味わいながら、隼人が次第に腰のストロークを深くしていく。

「……ッ、ぁ、…っ」

突き込まれるたびに隼人の屹立が育っていくような感覚を味わいつつ、湊は首を振って声にならない嬌声《きょうせい》を辺りに撒き散らした。

「ねえ、少しだけ締めてみて……?」

うっとりした小声の要請に、アッシュブロンドを波打たせながら中にいる隼人を必死に締めつける。奥まで丹念に濡らされたおかげで湊がどれほど強く食い締めようとも、隼人の屹立は狭い隙間に難なく最後まで埋まってしまう。

ぐっと根本まで押し込んでから、隼人が今度は緩やかな回転運動をはじめた。

「こうしてよーく掻き回してあげると、生気がどんどん甘くなるんだよ」

「ンン…っ」

言いながら湊の屹立を扱いた隼人が、溢れた粘液を指先で味見する。

「ん、もうだいぶ甘くなったけど――まだもっと美味しくなるよね。湊ならきっと」

キュキュッと片手でリズミカルに扱きながら、もう片方の手で今度は膨らみを揉み解される。

「ここにまだ入ってるでしょう？　全部美味しくしてあげるね」

今度は三時間くらい熟成させようか、と甘い声で恐ろしいことを囁かれて。

「――――……ッ」

湊は声にならない悲鳴を上げた。

7

翌々日、湊は登校するなり教室で捕まえた真芹を専科棟に連行した。

HRがはじまっちゃうわよ、と文句を言い募る真芹を彼女の研究室に押し込んだところで、低めた声で用件を告げる。

「——隼人の幼馴染みだって本当?」

「誰が?」

「真芹が」

指まで突きつけてそう訊ねると、真芹はきょとんとした調子で円《つぶ》らな瞳を見開いた。それから、やや
してから深い溜め息をつく。

「それ、いま頃気づいたわけ…?」

心底呆れた口調で返されて、逆に答えに窮してしまう。こちらとしては鬼の首でも取ったかのような気でいたのだが、「とっくに察してるかと思ったわ」と半笑いまで浮べられてしまうと、さらに居たたまれない気分になった。

「えーと、認めるってことだよね…?」

「そうよ。隼人とは幼馴染みで、もう十年以上の付き合いになるわ。——だいたい、あたしと仁が幼

馴染みで、仁の幼馴染みがあの子なのよ？　その辺りで気づいてるかと思ったのに」

（そういうことか……）

これまでの経緯において、誰かが裏で動いているような気がしないでもなかったのだ。ただの偶然にしては、あまりにいろいろと重なりすぎていたから。

きっかけは隼人との会話からだった。悪漢たちに立ち向かった時のドラゴンはまるで本物みたいだったね、と言ったら「ああ、あれは本物だよ。五分だけ真芹に『火竜』を借りたんだ」と隼人はことともなげに言ってのけたのだ。

『え、本物…⁉』

『うん。真芹には高くつくわよって言われたんだけど、背に腹はかえられないし』

公園で湊に立ち去られた直後、半ばパニックに陥って、隼人は真芹に携帯で助言を求めたのだという、「いつも」のように。そうして話している最中に湊がかどわかされる現場を見つけて、加勢のために火竜をレンタルしてもらったのだと。

「もしかして、ずっと隼人の相談受けてた…？」

「そうよ。傍《はた》から見ててじれったいったらなかったわね」

真芹曰く、隼人から初めて湊の話を聞いたのはいちばん最初に会ったあの日のうちだったらしい。

「あの隼人が、公園で三十分近くもたった一人に見惚れてたって聞いてアラアラと思ったのよ。そんな話初めて聞いたから、自覚してないだけで恋なんじゃないかと思って。あの子もまだ成熟前だし、これでようやく大人の階段を昇れるのかしらって思ってたら、相手はあなたじゃない？　しかもこっちも自覚なしの脈ありときてる。これはもう暗躍するしかないでしょ」

「最初から、知ってたんだ……」

聞けばテニス部の部室にいる隼人に電話をかけたのも真芹だったらしい。こんな気持ち初めてなんだけど…と相談する隼人に、なら付き合っちゃいなさいよとけしかけたのも。

「そうよ、あたし」

「ぜんぜん気づかなかった…」

「でしょうね。——実はあたし、おばあさまからも相談されてたのよ。あの年で初恋もまだだなんてとんでもない化石だって。発破かけるから、手伝ってくれないかって言われてたの」

「……そっちともグルだったたってわけ？」

「強力タッグだと思わない？」

あたしと操さまはずいぶん前からお茶呑み友達なのよ、週に一度はお会いしてたかしら、と初耳な事実までも聞かされて、もはや継げる言葉もない。

「それにしてもよかったじゃない。二人とも、これで晴れて一人前ね」

「一人前？　……恋を経験したから？」

「何言ってるの、成熟したんでしょ？　困ったサンがいっぺんに片づいて何よりだわ」

「成熟？」

眉を寄せて反問した湊に、真芹が「まさか…」と言葉を失う。

「本当にわかってなかったの？」

「何が…？」

「クラシックの成熟条件よ。短命のサラブレッドと違って、長命のクラシックは『恋』を経験した時点で初めて成熟を迎えるのよ。教わらなかったの…？」

「——聞き流してたかも…」

互いにしばし絶句してから、真芹の方が先に肩を落とす。

「あなたが風邪だって言ってた症状、あれはまさに成熟の予兆よ。だからあたし、すぐにわかったんだもの。あなたが隼人に惹かれてるんだって」

「知らなかった……。じゃあ、隼人も」

「ええ。だから二人してようやく一人前ねって。——いま、まさに発情期の真っ最中でしょ？　初めてのヒートはどうだった？　最初は特に、性衝動が強いのよね」

（そういうことか…！）

昨日一日を棒に振らざるを得なかった事情をようやく理解して、湊は一気に肌を赤く染めた。

あの日、死にたいほどの一夜をすごし、湊はぐったりした心地で翌日の木曜をすごした。

強《し》いられた荒淫のせいで腰が立たなかったのは言うまでもなく。——恐ろしいことに自分は限界までイカされたというのに、隼人は二度しか達していなかった。それも時間いっぱいを使って二度だ。

ヴァンパイアの「特徴」に加えて、クラシックの「特性」までが顕著に表れた結果なのだろう。

（複数人とって、そういうこと……？）

ずっと気になっていた謎が解けた気がするも、できれば知りたくなかったというのが正直なところだ。それでも隼人にしてはめずらしく「理性を失った一晩」だったらしいので、もしかしたら普段はもう少しマシなのかもしれない……と思おうとしていたのだが。

「なんだ、ヒートのせいだったんだ」

達してもきりなく勃ち上がり、何度でも隼人を欲しがった己の体にも湊はほとほと困らされたのだが、あれも発情のなせる業《わざ》だったのだろう。思い出すだけで卒倒しそうな数々の濃厚プレイにも耐え、そのすべてを最後まで受け止めてしまえたのも、きっとそのせい。

「ずいぶん濃い一夜だったみたいね」

「………っ」

「祝ロストバージン、って書いたケーキでも焼く？」

真っ赤になりながら首を振る湊を、真芹が至極楽しげに眺めやる。

慣れない行為で被った疲労に加えて、実はヒートに伴う体調変化だったらしい諸症状も相変わらずで、試しに計ってみると二人ともが似たような微熱を出し、ともに軽い眩暈に襲われていることがわかったので、これ幸いとばかり木曜は「風邪」を理由に二人揃って学校を休んだ。

今日になっても微熱は下がらなかったが、どうにか体は動かせたので湊は隼人と並んで学校の門を潜ったのだ。腹を括ったからには、周囲に隠し立てする意味もない。

祖母の定めたリミットも今日だ。昨日の時点であの件についても少し話してあるので、どう切り抜けるべきか、昼休みに二人で相談しようと思っているのだが——。

「あ、じゃあこの件も知らないのね？」

真芹が鞄から、あの招待状を引っ張り出す。「婚約披露パーティー」と書かれた二つ折りのカードを取り出すなり、真芹はそれを目の前で真っ二つに引き裂いてみせた。

「え？」

「これ、フェイクよ。裏工作の協力を頼まれてたの。この世に一通しかないカードだから安心なさい？　パーティーなんて嘘っぱちよ。でも効果はてき面だったわね」

「嘘…？」

「おばあさまも策士よね。むしろ、それにここまで引っかかるあなたが天晴《あっぱ》れなのかしら」

「な……っ」

はたしてどこからどこまで策略で、陰謀だったのか。

一気に混乱した湊の目前で、真芹がパチンと両手を打ち合わせる。

「パーティーは嘘でも、あの条件は本物よ。あなたが連れてきた相手なら、どんな相手でも無条件で許すって。おばあさまが真に望んでたのは何か、いいかげんあなたもわかったんじゃない？」

「真に望んでたこと……？」

「操さまは本当にあなたの身を案じてたのよ」

先ほどまでは揶揄の浮いていた瞳に、真芹が今度は真摯な色合いを載せる。

（ああ…）

そこでようやく、頭の隅が少しだけ冷えた気がした。

確かに一歩引いてみれば、見える図式も変わってくる。祖母に言われた言葉の意味が、時間差で腑《ふ》に落ちていく。祖母が切に望んでいたことを知って、湊は唇を噛み締めた。

そう誤解されるよう振る舞ってもいただろうし、言葉通りゲームとして楽しんでいた節も感じるけれど、初恋も知らず、未来に対する希望すらない孫の今後をどれだけ憂えていたことか。

「微力ながら、あたしもそのお手伝いをさせてもらってたってわけ。あ、でも一昨日の一件はあたしの独断よ？　何かが実る時ってけっこう大きなきっかけが必要だったりするのよね」

「……一昨日の一件って」

「あなたを襲ったの、うちのＳＰよ」

「――…っ」

そこまでが策略だったとは思いもよらず、二度目の絶句に陥った湊に真芹がふふ…と忍び笑う。

「あれからけっこう大変だったみたいよ。コスモから抜けられなくて難儀したって聞いてるわ」

あの小宇宙の幻視は一種の結界だったのだろう。音も何もかも遮断《しゃだん》された空間で、ＳＰたちはいつ空気までなくなるか、戦々恐々としていたという話だ。

「襲撃は織り込み済みだったんだけど、タイミングがまたよかったみたいね。出会いといい、料亭の件といい、妙に運命的なものを感じるわよね。だってあまりに偶然が多すぎるもの」

「偶然……？　ほかの出来事には絡んでないってこと？」

「ええ。言っとくけど、体育館であなたが襲われた件も予想外だし、あの場に彼がいたのもそうよ。あたしはまったくの無関係」

「全部、偶然…」

「そう。あたしが関与したのは一昨日の件と、お互いの話を聞いてけしかけてたくらいよ」

ね、まるで運命に導かれたみたいじゃない？　と真芹が表情を綻ばせる。

何度となく、母親に聞かされた言葉が脳裏に甦《よみがえ》った。

『いい？　プリンセスの危機《ピンチ》には、必ず王子様が現れるのよ。二人は、見えない運命の糸に導かれて出会うの。きっと気持ちよりも先に体が反応するわ、出会った瞬間にね』

（そんな夢物語、信じてなかったのに……）

物心つく前から聞かされ続けていた物語に、ごく小さい頃は素直に憧れを抱いていた。自分はプリンセスだから、いつか自分だけの王子様に出会えるのだと。そう信じるだけで幸せな気持ちになれた。

いつしかそんな憧憬《どうけい》はすっかり忘れてしまい、くだらないと否定するようになったそのあとも。

思いだけは継続して胸の底にあったことを知る。

母親の言葉通りに進んだ現実の先に、いま自分が立っているのを実感した途端。

「どうしよう…」

目の眩《くら》むような幸福感に包まれた。

「――本当に『氷のプリンセス』はどこにいっちゃったのかしらね」

瞳を潤ませた湊に、真芹が苦笑しながらハンカチを差し出してくれる。その気持ちに甘えて受け取ったところで、スラックスのポケットで携帯が震え出した。

(隼人から……？)

「もしもし」

一緒に登校したはずの隼人からの通話に、ハンカチで目元を押さえながら応じる。

『あ、湊？　いま大丈夫？』

「平気だけど……どうかした？」

『いまね、お孫さんをくださいってご挨拶に伺《うかが》ってるんだけど』

「どこに…!?」

『碑文谷《ひもんや》のおばあさまのところ。でもね、ぜんぜん信じてくれなくて』

どうしたらいいかな？　と助言を求められる。

「あはははははっ」

会話が聞こえたらしい真芹が、隣で弾かれたように笑い出しはじめた。隼人のフライング発言にへたり込みたい気持ちを抑えながら、どうするのがいちばん正しい選択なのかをマッハで考える。

(もう、これどうしたら……)

『あ、湊のバージンもらった話とかすればいい?』

「すぐ帰るから、それ以上喋らないでっ!」

自分がいくまで一言も口を利かないよう厳命すると、湊は大急ぎで専科棟をあとにした。


――事務局に辿りつくまで二十分、呼んでもらったタクシーがきているはずの裏門までさらに二十分迷ってから、湊はすでに疲れきった心地で後部座席に身を沈めた。トータルで一時間近くもかけてようやく帰りついた佐倉家の門を潜る。

昨夜、外泊の連絡を入れていたとはいえ、数日ぶりに跨ぐ敷居はなんだか妙に高く感じられた。朝帰りしたようなばつの悪さと、これから先のやり取りを思うと急激に張り詰めてくる緊張感とがない交ぜになって指先が震える。だが。

「あ、おかえり」

玄関を入るなり、まるで住人のように隼人に出迎えられて湊はしばし言葉を失った。

緊張と不安ですっかり青褪めている湊に反して、隼人の顔色はごく普通だ。態度も、何もかもがあまりに普通すぎて、そのギャップについていけず思わず呆然としてしまう。

「どうしたの? どこか苦しい?」

「や、そうじゃなくて……ていうか、誰にここ訊いてきたの…？」

佐倉の本家は松涛《しょうとう》にある。昨年、息子に宗家を譲った操が碑文谷に新たな居を構えたことを知る者はそう多くない。――実は昨日の時点で操に挨拶したいとは言われていたのだが、湊は時期尚早《しょうそう》だと諫《いさ》めていたのだ。隼人が独断でここに乗り込んでしまうとはさすがに思わなかったけれど、この家を突き止めるのはむずかしいだろうと高《たか》を括っていた部分もある。

「ああ、一尉《いちい》に聞いてきたんだ」

「……そうか。彼、君の友人だっけ」

アカデミーで何度か顔を合わせたことのある、泣きボクロが印象的な怜悧《れいり》な美貌を思い出す。彼は操の妹の孫なので、湊とはハトコにあたる関係だ。彼の身辺にはあまり詳しくないのだが、聞くところによると種族違いの恋を貫き、婚約まで手に入れたという話なので、その方面では先輩にあたる彼の話なども聞いたうえで隼人と今後の相談を……と思っていたのだが。

（ああ、もう…）

愛しい天然のおかげで狂いに狂った手順を心中だけで嘆いてから、湊はキッと表情を引き締めた。

こうなったら腹を括って取りかかるしかない。いくら祖母が出した条件があだったからといって、やはりヴァンパイア相手の恋では反対されるかもしれない。それでも譲れない思いなのだと、操にはどうしてもわかって欲しかった

「――いくよ」

「うん」

隼人を伴って、祖母が待っているだろう応接室に踏み入る。ソファーに悠然と腰を下ろしていた操が、湊の姿を認めるなりすうっと眼差しをきつく眇めた。

「……ほう」

何かを探るような視線を、じっと無言のまま見つめ返す。ややして大きく息をつくと、操はやれやれといった体で首を振った。

「そこの坊やがおかしなことを言うもんでね。ヴァンパイアのくせに、ライカンのあんたが欲しいだなんて言うんだよ。とてもじゃないが信じられないって言ったんだが――どうなんだい？」

感情の読み取れない声で淡々と告げてから、またじっとこちらを窺うように瞳を眇める。いつになく鋭い眼差しを一身に浴びながら、湊は背筋を伸ばして操に対峙《たいじ》した。

「本当だよ。俺が彼と一緒になりたいんだ」

「相手はヴァンパイアだよ？　この世界において種族違いの結婚がどれだけのタブーか、醜聞《スキャンダル》になるか、まさか知らないわけじゃあるまいね」

「もちろん。――俺はそのうえで彼を選んだんだ」

「それだけの価値がそのヴァンパイアにあるってのかい？　彼を選ぶ根拠は何だね」

操の眼差しがさらに剣呑《けんのん》なものに切り換わる。それを真っ向から見返しながら、湊も瞳を細めた。

「好きだから。それしかないよ」

「好き、ねぇ…」

「それに——実は俺にも、ひとつだけ夢があったことを思い出したんだ」

「ほう。どんな夢だい？」

「好きな人と添い遂げること、それが小さい頃からの夢——。その人さえそばにいてくれれば、ほかに何もいらないんだ。どこにいて何をしててもいい。あとは平穏に暮らせればそれで充分」

緩まない眼光に晒されながら、湊は胸中にある思いをすべて操の前に並べ立てた。

怯まず、切々と言葉を継ぐ湊の手を、隣に立つ隼人がそっと握り締める。

「反対されても構わない。誰に何を言われてもいいよ。そのせいで佐倉の家名に傷がついても、泥に塗《まみ》れたとしても、ごめん、引けない。そんなものより、遥かに隼人の方が大事だから」

「湊…」

きゅっと握られた手を強く握り返しながら、湊は黙り込んだ祖母の次の言葉を待った。

「——…」

こちらを試すような長い沈黙を、隼人と手を繋いだまま耐える。

「それが、おまえの選んだ未来かい？」

やがてポツリと発された確認に、湊は力強く頷いてみせた。これだけが唯一叶えたいと思った夢、つかみたいと思った未来だ——。

（彼なしではもう生きていける気がしない）

自分を愛してくれた祖母を悲しませ、困らせるのはもちろん本意ではないけれど、それでもどうしても譲れない気持ちなのだと、操だからこそわかって欲しい。

「心配かけてごめんね」

大きく息を吸ってから、湊は胸を張って笑みを浮かべた。

「でも、もう決めたんだ。彼といるって」

揺るがない気持ちを全身に張《みなぎ》らせて、厳《いか》めしい祖母の顔を見据える。と、そこで糸が切れたように、操がふわりと表情を緩めた。

「――もう決めたんだ、ときたか。瑞と同じ台詞だね」

「え…?」

「あのクラシックのお嬢さんと一緒になりたいって、そう言ってきた時の瑞と同じ顔してるよ、あんた。まったく、笑っちまうくらいそっくりだ。性格も何もかもね」

「父さんと……?」

「あの子も、未来に対してまったく欲のない子でね。ただ長男だからと課された運命を、何の疑問もなくまっとうしようとしてたよ。体が弱くて、性格的にも適任じゃないのは誰が見ても明らかなのに、それでも務めようと無心で頑張るあの子に、あたしは何も言えなかった。言ってやれなかった」

初めて聞く父に対する操の気持ちに、湊はきゅっと口角を引き締めた。

「わがままのひとつも言ったことなくて、自己主張のジも知らなかったようなあの子が、初めて欲しがった未来があのお嬢さんとあんたに囲まれる生活だったんだよ。親戚は残らず反対したけど、あたしは嬉しくて仕方なくてね。親戚中を謀《たばか》ってあの子を送り出したよ。その判断はまったくもって正しかったね」

いまのあんたを見てるとそう思うよ——と、操が満足げな笑みを浮かべてみせる。

「やれやれ、さすがのあたしもコレを選ぶとは予想外すぎて言葉もなかったんだけどね。あんたが自分で選んだ未来なら、どんなものでも応援するに決まってるだろう？」

「……っ」

しゃくり上げた湊に向き合った隼人が、震える肩を優しく片手で抱き寄せた。俯いたアッシュブロンドを肩口に庇われながら、隼人が紡ぐ甘い声を胸の振動とともに聞く。

「——お孫さん、いただいていきますね」

「ああ、好きに持ってきな。ただし、幸せになれるかどうかはあんたたち次第だよ？」

これからの経過をからかうような操の意地悪めいた口調に、隼人がにっこりと微笑みながら「もう充分幸せですから」と答える。

（隼人……）

心地よい体温に包まれながら、湊は滲む涙をブレザーに押しつけた。

「……それにしても。よりによって各務の長男を選ぶとは、うちの孫もとんだ悪食《あくじき》だね」

呆れたように零した操に、隼人が不要な即答を返す。

「俺の味はわかりませんが、少なくとも、お孫さんは壮絶に美味しいです」

「ちょ…っ」

慌てて足を踏んだ湊に、隼人が世にも意外そうに「え、なんで？」と真顔で訊き返してくる。本人的にはいいことを言ったつもりだったらしい。

「まったく」

祖母が呆れ返る気配を感じながら、湊は真っ赤になった頬を庇うためにさらに強く隼人の肩口に額を押しつけた。めずらしく空気を読んだのか、口を噤んだ隼人が緩やかに背中を撫でてくる。

「——平穏とは縁遠い気がするけどね」

（確かに……）

祖母の独白に胸中で同意しながら、湊は数度の深呼吸で動揺を抑え込むと、まだ少し赤い顔で操に向き直った。気恥ずかしくて目は合わせられないが、素直な気持ちは伝えておきたい。

「あの……ありがとう」

「おや、何の礼だい？　感謝してるんならさっさとこの部屋を出てってもらいたいね。ああ、あたしはともかく、あの子にだけはきちんと礼を言っておくんだよ」

「うん」

まだ学校に残っているだろう真芹に、それから八重樫にも、報告を兼ねてこれから会いにいこうかと思う。連れ立って立ち去りかけた湊の背中に、思い出したように操の台詞が飛んでくる。

「ついでにリビングのゴミ、あんたたちで片づけておきな！」

言われて覗いたリビングには、相変わらず見合い写真のタワーが乱立していた。

祖母が自分のために用意した物だと告げると、隼人が「へえ」と興味深そうにそのうちのいくつかをパラパラとめくりはじめる。

「あ、知ってる人けっこういる。妻帯者の人も多いね」

「そうなの？」

隼人に釣られるようにして、湊も手近のいくつかを開いた。よくよく見れば以前アカデミーに送られてきたものとまったく同じ写真がいくつもある。どうやら使い回しのようだ。少なくとも、この見合い写真ははったりだったのだろうと思う。三島の件は小手調べの退屈しのぎだろうか？

婚約者を探せと急かすことで、自分に未来を意識させようとした祖母の試みが明るみになったいまでも、その辺りの境目はよくわからない。

（あのままヤラれてたら、三島のもとに嫁いでたのかな…）

それはそれで、操は普通に喜んでいそうな気がしないでもない。だがあの一件がなければ隼人と急接近することもなかったので、考えてみれば本当にいろいろな偶然が重なったうえで「いま」があるんだなと実感する。母のようにそれを「運命」だなんて言いきるのはあまりにリリカルで憚られるが、これも神の思し召しというやつだろうか。

「ところで、体調は？」

「んー…昨日よりはまし」

とはいえ、実はまだ体の奥に何かが挟まっているような感覚があって、動くたびに微妙な違和感に襲われるのだけれど。恥ずかしくて隼人にはとても言えない。

「じゃあ、今日はデキるかな」

「え？」

「本当は、いますぐにでもシたいんだけど…」

大量の見合い写真をゴミ袋にまとめながら、隼人が不穏なことを口にしはじめる。

（いやいや、一日おきなんてとてもじゃないけど無理…）

そう心中で零したところで、隼人が「よくなったら毎晩シようね」と邪気の欠片もない笑顔でそんなことを宣《のたま》ってくれた。さー…と音を立てて血の気が引いていく心地を味わう。

「毎晩…？」

「あ、もちろん夜にこだわらないけど。やっぱり血と精液の生気がいちばん濃いんだよね。血は毎日はむずかしいけど、精液なら支障ないでしょう？」

湊のは全部、俺が美味しくいただくつもりだよ、と鮮やかな笑顔で言われても、的外れどころかそれは悪魔の宣告にほかならない。

「そんなの支障あるに決まってる…」

「わ。そんなこと話してたら欲しくなってきちゃった」

(聞いてないし)

どうしよう、と首を傾げられても答えられるはずもなく――。

「ミナト」

耳元に甘い声を吹き込まれて、湊は途端に呪縛にかかったように動けなくなった。

「む、無理……」

「大丈夫だよ。もっと自信持って。俺の持久力に、一人であそこまでついてこれたの湊くらいだよ？

あれってクラシック・ライカンの血が入ってるからなのかな」

「違う…っ、あれはたぶん、ヒートだったから…」

「ヒート？　湊、いつの間に成熟したの？」

きょとんとした顔で聞き返されて、知らず溜め息が漏れ出てしまう。

自分同様、隼人もクラシックの成熟についてはよくわかっていなかったらしく、真芹から聞いた説明をくり返すと、「そっか、俺いま発情してるんだ…」と妙に納得した顔で頷いてみせた。

「じゃあ、仕方ないよね」

「何が？」

「――だって、発情してるんだもん」

「ちょ…っ」

リビングのど真ん中にいるというのに唇を塞がれて、慌てて抵抗するも容赦のない貪りに合う。最初こそ胸を叩いて抵抗していた湊だったが、すぐに甘いキスに搦め捕られてしまい。

「……っ、は…」

数分後には腰が抜けていた。

「知ってた？　クラシック・ヴァンパイアは味覚と同時に、口技も優れてるんだって」

そんないらない注釈をつけ加えながら、服を脱がそうとしてくる隼人に。

「いいかげんにしろ…っ」

湊は渾身のデコピンを見舞った。

「痛い」

「こんなとこでデキるわけないだろ…！」

「じゃあ、俺の家ならいい？」

そういう問題じゃないと言いかけた唇をまた塞がれて、パチンと隼人の指が鳴るのを聞く。

（……今日はもう、学校無理かも）

発情しているのは、何も隼人ばかりではない。自分だってずっと必死に、あのどうしようもないほどの衝動を押し殺しているというのに——。

くり返される深いキスにどんどん理性が溶解していくのを感じながら、湊は外した唇で「ここじゃだめ…」とかろうじて囁いた。

「どうしても？」

「——ここでシたら別れるよ」

すっかり脱力しながらも強い口調で言いきった湊に、隼人が真面目な顔で返す。

「それ、反則だと思う」

「あのね、こんなところでスルのも反則。見えてなきゃいいとか、そういう問題じゃないから」

「そうなの？」

「そう！」

「……ちぇ」

口惜しげにそう零してから、隼人が急に眩しいものを見るような目つきで破顔した。

「——なんか、湊には怒られてばっかりだよね」

「まずはなんで怒られてるかを、きちんと理解して欲しいところだよ」

「でもそうやって怒られるの。すごく嬉しい」

（まったく、もう…）

この天然がいままでどれだけ放し飼いにされていたかを思うと先が思いやられて仕方ないのだが、それでも自分の中の愛情が目減りすることはまったくない。むしろ思いが募るほどで、そんな己の感情の動きに、さらに先が思いやられるというか。——何という無限ループ。

「じゃ、帰ろうか」

「あ…」

油断していた体をするりと横抱きにされて、そのまま玄関の外へと運ばれる。写真の処分が済んでないのにと訴えると、あと数時間は結界で誰にも見えないからバレないよと笑われる。

（いや、だからそういう問題でもなく…）

そう思いながら、湊は突っ込みを軽い嘆息に変えた。それが思いのほか満足げに聞こえて、さらに溜め息を重ねてしまう。

「もう、下ろして」

「体、つらいんでしょう？　たぶん、このあともっとつらくなるから、いまは体力温存…」

「下ろして…っ」

往来に出たところでようやく下ろしてもらい、湊は赤くなった顔を片手で庇いながらもう片手を隼人と繋いだ。タクシーを拾うべく車の流れに視線をめぐらせながら、隼人がセレナーデを口ずさむ。

これまでの切なさやつらさが一気に甦ってきて、急に涙が溢れそうになった。きっとそんな思いを経験したからこそ、いまの幸福が身に沁みるのだろう。これからはこの曲を聞くたびに、いまの幸せを思い出すようになるに違いない。

反対車線でばかり目につくタクシーを揃って見送りながら、ふいに隼人がハミングを止めた。

「そういえばあれ、没収しちゃったよ」

「あれ？」

「八重樫の名刺」

慌てて繋いでいた手を解いて、あの日から入れたままだったポケットを反射的に探ってみるも、中には何もない。

「なんで…」

「だって、湊は俺だけのものでしょう?」

またほんの少しだけ機嫌を傾けた隼人が、自身のポケットから八重樫の名刺を取り出す。それを何の躊躇いもなく細かく千切ると、ぱっと宙に散らした。木枯らしに吹かれたそれがさらさらと頭上を流れていく。冬晴れの薄青い空に、紙片の白さがよく映える。

「あ、キレイ」

陽光の眩しさに目を細めながら、うっかり立ち止まってその様を眺めてしまう。

ゆっくりとスローモーションのように流れていく紙吹雪を目で追いながら、こんなふうに穏やかな時間がこれからも続けばいいなと心から願う。それからようやく――。

「ゴミを散らかさない」

隼人の背中をつついて注意すると、貴公子は微笑みながら指を鳴らした。道路に散乱していた紙片が一瞬で消えてなくなる。

「本物はとっくに捨てちゃったってば」

あんなふうに千切ってね、と笑ってから、隼人がいつになく真剣な面持ちで表情を引き締めた。

「湊を味わえるのは俺だけにしといてね」

「……八重樫くんは君の友人でしょ。友達を信用できないの？」

「いままで深く考えたことなかったけど、八重樫は信用ならないと思う」

誰と誰も信用ならないかも…などと指折り数えはじめた隼人に、湊は思わず吹き出していた。

「自分以外の全員があて嵌まるんじゃない？」

「そうかも」

真剣に返答してくる隼人にまたも笑いを堪えながら、湊は「君次第だよ」と返した。

「君が俺だけを見ててくれるんなら、俺もよそ見はしない」

「わかった。俺も、よそ見する余裕なんてないし」

だってこれから、あんなこともこんなことも教えなくちゃいけないいし、まだやってない体位もいっぱいあるし、使ってみたいおもちゃとかもあるけど、それはとりあえず後回しかな？　まずはドライを完璧に覚えてたくさんイケるようになってね。それから——。

「痛い」

「……当然の報いです」

往来でなおも続けようとしていた先をデコピンで黙らせると、湊は足早に隼人の背中を追い越した。

それを隼人が「あ、待ってよ」と追いかけてくる。

また最初のように手を繋ぎながら、再開されたハミングを聞く。

摺り合わせなければならない常識や尺度は、これからもきっと無数にあるだろう。

でも、それがいまは楽しみで仕方なかった。留学期間はまだまだ残っている。そのあとのこともこれからの未来も、二人で相談しながら作っていければと思う。でもその前に。

(まずはゆっくり時間をかけて、互いのことを知り合えたらいい)


——だが当然、それも時と場合によりけりなわけで。

「あ、……ッ」

「ほら、中が覚えてきたね。もう二時間したらきっと中だけでイケるよ?」

この局面においてだけはゆっくりと時間をかければいいというものではないと主張したいのだが。

けっきょくその日も、湊は意識を手放すことなく延々と享楽の海を泳がされた——。

雪と静寂のピアニシモ

「どうしても、スルの……？」

掻き寄せた毛布で身を庇《かば》いながら、湊《みなと》は潤《うる》んだ眼差しで隼人《はやと》を見つめた。

こちらを見返す黒曜石の瞳が、一段と煌《きら》めきを増して甘くなる。

「だって、そういう約束でしょう？」

「そう、なんだけど…」

「このままだと時間なくなっちゃうけど、どうする？」

視線で示された時計を見やると、確かにそろそろコトに取りかからねば諸々《もろもろ》の準備が間に合わなくなりそうな時間だった。とはいえ自ら進んで誘うのはやはり、かなりの羞恥と度胸とがいる。

「で、でも…」

往生際悪く、下半身をすっぽりと毛布で覆《おお》い隠しながら、湊はベッドの上で隼人と対峙《たいじ》していた。

向かい合う漆黒の眼差しに、迷いの色はない。

「そのままじゃ湊もつらいでしょ？」

「べつに、つらくないし…」

「それは嘘、だよね」

真っ直ぐな視線に撃たれ続けて、思わず視線を泳がせた隙《すき》にするりと隼人の両手が伸びてくる。

「あ…っ」

「大丈夫、今日はそんなに時間かけないから」

端をつかまれてずるずると引いていった毛布の内側から、きっちりと閉じ合わせた自分の両脚が現れる。正座を崩したような格好のせいで、パジャマの内側で固く尖っていた膝を丸く撫でられて、カッと一気に頬が熱くなった。

「それともいまからはじめる？　俺はそれでもぜんぜん構わないけど」

「……だめ、今日は遅刻できない……」

弱りながら小声で返すと「じゃあ、答えはひとつだよね」と吐息交じりに囁《ささや》かれる。羞恥で首筋までを染めながら、湊はややしてからそっと膝のガードを緩《ゆる》めた。

「いい子、湊」

隼人の手がシルクのパジャマをするりと剝《は》いで、白い素肌を剝《む》き出しにする。昨夜は下着を穿《は》かされなかったので、これで下肢《かし》には何も身につけていないことになる。上着の裾《すそ》でかろうじて隠されている箇所に隼人の視線が注がれているのを感じながら、湊はそっと唇を嚙《か》み締めた。

「可愛く兆《きざ》してるね」

言いながら膝裏をすくわれて、ゆっくりと左右に開かれる。反動で後方に傾《かし》いだ体を後ろ手についた両手で支えながら、湊は隼人の顔が下肢の狭間に消えていくのを涙ぐみながら見送った。

「――いただきます」

言い終わるやいなや、鼻先で裾をめくった隼人が緩い兆しを見せていたソコをぱくりと食《は》む。唇だけで器用に剝いた先端の粘膜をいきなり甘嚙みされて、湊は鼻にかかった悲鳴を上げた。

「……っ、ンん…っ」

膨《ふく》らみを柔らかく揉《も》まれながら、唾液塗《まみ》れにされた屹立をじゅるる…と吸われる。反射的に脚を閉じると、皮膚の薄い内腿《もも》に隼人のしなやかな黒髪が触れた。

「あ、……っァ」

なおも閉じようと悪足掻《あが》きしていると。

「だめだよ、湊」

両手で膝頭をつかまれてぐいっと強引に割られてしまう。あられもなくM字にされた狭間をねっとりと舐《なぶ》られながら、湊は涙声の喘《あえ》ぎを零《こぼ》した。

慣れた舌や唇が与えてくる愛撫は、周到で隙がない。

腕の支えはあっという間に崩れてしまい、湊は乱れたシーツに弓なりの背中を沈めた。カーテン越しの朝の光が、シーツに散ったアッシュブロンドに鈍い光沢を与える。

「あっ、や、ぁ……ッ」

今日もほどなくして絶頂まで追い込まれるだろう。

それを待ち望むように、尖らせた舌先がトントンと先端の切れ目をノックした。続いて抉《こ》じ開けるような愛撫で過敏な箇所を責められる。同時にきつく吸われて、じんわりとした熱いものが狭い隙間から込み上げてきた。

「ん……いい味」

先走りを音を立てて啜《すす》られながら、さらなる滲みを誘うようにまた膨らみを揉まれる。

刺激から逃れようと左右に揺れてしまう腰を、今度は新たな刺激で押さえ込まれた。

「やっ、だめ…っ」

「……ッ」

唾液と先走りですっかり濡れたソコに指を宛がわれて、反射的に息を呑む。昨夜、念入りに解《ほぐ》された後孔はいまもなお柔らかく潤んでいる。つぷり…と指を呑まされる感覚に、湊は喉《のど》を喘がせた。

「熱くてグネグネしてる……ここに挿れられないのは残念だけど」

約束だから、と囁きながらまた粘液を啜られる。ポイントを捉えた指先にグイグイと前立腺を揉まれながら、湊は甲高《かんだか》い悲鳴を上げた。

焦らす気のない愛撫は、ひたすらに湊の体を追い詰める。

「も、イ……く…っ」

「いいよ、たくさん飲ませて」

表面のざらつきを押しつけるように先端を抉《えぐ》られて、湊はびくっと内腿を震わせた。射出を促すように屹立を擦《こす》られて、堪《こら》えきれずに欲望を解放する。

「――…ッ」

窄められた唇と狭い口内で絞《しぼ》られながら、湊は淫靡《いんび》な快感に背筋を波打たせた。出るそばからコクコクと嚥下《えんげ》されて、まだ硬い芯をきつく扱かれる。

「ん……、ン…っ」

快楽のボルテージが少しずつ下がっていくのに合わせて、隼人の手つきもゆっくりとしたものに変わっていく。最後の一滴までを味わう気なのか、隼人の顔がソコから離れるまでにはいつも時間がかかった。残滓《ざんし》までを充分《じゅうぶん》啜ってからようやく、萎えた刀身をぬるりと解放される。

「美味《おい》しかった、今日も」

うっとりとした口調でそんなことを言いながら、隼人が濡れた叢《くさむら》に鼻を寄せてきた。淡い繁みに垂れた粘液までをも丹念に舌先で清められる。吐息が局部に籠《こ》もるのを感じながら、湊は荒々しい呼吸に胸を上下させるのが精一杯だった。

——あの約束を交わしてから、ほぼ毎朝こんなふうにして口でイカされている。

そもそもは、毎晩のように湊を抱きたがる隼人を牽制《けんせい》するための約束だったのだが、図らずも半同棲状態のようになってしまったいまとなっては完全に裏目に出たとしか言いようがない。

だいたい隼人との行為は一回が長くて、一度はじまってしまうと最低でも三時間はベッドから下ろしてもらえないのだ。ヒート期間中は発情が収まればもう少し短くなるのではないかと期待していたのだが、残念ながら隼人の驚異的な「持久力」はクラシックとしては標準機能だったらしい。

(付き合いきれないよ…)

そんな荒淫に、毎日晒《さら》される身にもなって欲しい——。ただでさえこういった方面には疎《うと》かったせいで、隼人が仕掛けてくる何もかもが湊にとっては許容量オーバーだというのに、すでに体を作り変えるほどのいろいろを仕込まれてしまい、湊としてはいっぱいいっぱいの日々だった。互いのヒートが収まるまではどうにか堪《た》えられたものの、このままではとてもじゃないが精神力が持たない。

（……体はともかくとして）

恐ろしいことにクラシック・ライカンの「精力」のおかげで、湊の体は持久力はないが少し休めばある程度の体力は回復してしまうため、隼人のスローペースな絶技に逐一《ちくいち》、対応できてしまうのだ。これもヒート期間だけかと思っていたのだが、残念ながら標準装備だったようだ。

初めて隼人と結ばれてから、ヒートが終わるまでが約二週間——。その間、かなりのハイペースで抱かれ続けた湊は、ヒートが終わった翌日に音《ね》を上げた。

『毎日は無理…！』

『どうして？　湊の体、余裕でついてこれてるのに』

『そういう問題じゃなくて…っ』

せめて週三、と隼人相手に主張したところで受け入れられるとは思えなかったので、折衷《せっちゅう》案として出したのがこの「約束」だった。

『最後までは無理だけど、体液だけなら毎日あげるから』

じゃあ朝一番がいいな、と隼人が言うのでそういう約束を交わしたのだが。

（まさか家を追い出されるとはね……）

校内でのキス以上はいまも固く禁じてあるので、この約束ならば泊まった翌朝しか適用されないと甘く考えていた。——我が家でこれ以上乳くり合われたら堪ったもんじゃない、と祖母に佐倉家を追い出されたのがヒートが終わった翌々日。最初は真芹の家に泊めてもらっていたのだが、どこかから聞きつけたらしい隼人に表情を曇らせながら「俺って頼りにならない…？」などと言われてしまっては、隼人の部屋に移らないわけにもいかず……そうして、いまに至るというわけだ。

『いい機会だ、実地で花嫁修業でもしてきたらどうだい？』

というのが祖母の提案でもあるので、まだしばらくは帰らせてもらえそうにないのが現状だ。朝も昼も夜も隼人とすごせる日々は夢のようではあったけれど、本当に夢ならいいのに……と思うこともしばしばだった。

名残惜《なごりお》しげに湊自身に唇を寄せていた隼人が、おもむろにまた後孔へと指を差し入れてくる。

「ちょ…」

慌《あわ》てて起き上がろうとしたところで、グリッと中のポイントを突かれた。

「ン……っ」

イッたばかりで重だるい腰に走る、新たな甘い刺激——。上体を支えようとした両手が滑って、湊は再び乱れたシーツに沈み込んでしまった。

断続的に続けられる刺激に、萎えていた刀身までもがピクピクと震えはじめる。

「ねえ、思ったより早く済んだから二回目、ってだめかな？」

「だめ…ッ」

「──でも、体はそうは言ってないよ。それに」

ココに挿れて欲しいって言ってる、と小声で囁かれて、湊は「バカ…っ」と声をかすれさせた。

こんなふうに食い下がられて、けっきょくなし崩しに最後まで持ち込まれてしまったことが何度あったろうか。今日こそは流されまいと思ったのだが。

「あっ、ア…ッ」

感じやすい内部に本気の愛撫を施《ほどこ》されてしまい、湊はあえなく白旗を振るはめになった。

隼人によって入念に仕込まれた体は、とかく快楽に弱い。そのうえこの体はいつでも刺激に飢えているのだ。これはどうやらクラシック特有の「性欲」によるものらしく、隼人と体を合わせるまではまったくの無自覚だった眠れる欲望が、いまや些細《ささい》なことでもすぐに発火してしまう。

性に奔放《ほんぽう》だった母方の親類や理事たちの気持ちが、いまなら少しはわからなくもない。堪えようのない衝動に抗《あらが》うのは本当に骨が折れる。何度かは撥《は》ねのけられても、毎回はむずかしかった。

「昨夜も一回だけだったもんね。今日はたくさんイカせてあげるね」

張りの出てきた膨らみを柔らかく揉みしだかれて、ビクビクと腹筋が戦慄《わなな》いてしまう。緩く首を持ち上げた屹立をそろりと撫《な》でられて、湊は鼻にかかった甘声を漏らした。

「ずっぽり嵌《は》められてイクの、好きでしょ？　たくさん掻き回してあげるからね」

指を入れられたまま体を反転させられて、腰だけを掲げた姿勢にされる。力の入らない手でシーツに縋《すが》りながら、湊はソコに宛がわれた質感に、期待交じりの吐息を零した。

「ア…っ、ぁ、ん…」

すでに充分兆した隼人の屹立がゆっくりと押し込まれてくる。

――けっきょく湊が登校できたのは、三時限目も終わる時分だった。


「反省はしてるの？」

「うん、いちおう」

その言葉通り、とりあえずは反省しているらしい隼人が弱ったように微笑んでみせる。それを横目に見ながら、湊は白い溜め息を外気に滲ませた。

タクシーで乗りつけた裏門から専科棟までの道程を、湊は不本意にも隼人に抱きかかえられながら移動するはめになっていた。授業中で人気《ひとけ》がなかったのは幸いだ。けっきょく三時間に及んだ行為のせいで、湊の腰はすっかり使いものにならなくなっていた。

「遅刻したくないって言ったのに…」

「――でも湊の体、すごく欲しがってたよ？」

「だ、だとしても…！　いつでも盛っていいわけじゃないでしょ？」

獣じゃないんだから…とぼやいた湊に、隼人が「それってだめなこと？」と真顔で訊《き》いてくる。

「だめなことです」

「そうなの？　じゃあ俺、ずっとだめな子だったんだね」

知らなかったな、と隼人が白い息を滲ませながら穏やかに笑う。

（確かに……）

思えば隼人は、まさに獣じみたサイクルでいままでの日常を送っていたのだ。

欲情したら即、実行――。そんな実情を許されていたことこそが特異な環境だったのだと、彼にはそろそろ理解して欲しいところだ。

それから、そのサイクルにとても自分はついていけないのだということも……。

「でも湊もすごいよね」

「え？」

「俺がイク前にたいがいの子はギブアップしちゃうのに、一人で最後までついてこれるんだもんね」

「……体だけはね」

「やっぱり、湊のお母さんの言葉は正しいんじゃないかな」

運命に導かれ、出会うべくして出会った二人――。母親が昔から提唱していたこのリリカルでロマンチックな発想が、隼人はことのほか気に入っているらしい。

いつだったかその話をして以来、何度となく持ち出されては「運命ってすごいよね」だとか、「湊の相手が俺でよかった。選んでくれた神様に感謝しなくちゃね」だとかすでに数えきれないほど言われている。そのたびに幸せそうに目を細める隼人を見ていると、釣られてこちらも頬を緩めてしまったりするのだが、この年頃の男子としてこの言動はどうなのだろうか。どこか夢見がちなところといい、隼人にはヴィクトリアとの共通点がわりに多いような気がする。

「隼人は母さんと気が合いそうだよね」

「そうかも。お会いできる日が楽しみだな」

「――そうだね」

破天荒《はてんこう》で柔軟な祖母は何の躊躇《ためら》いもなく湊の恋を許容してくれたけれど、種族違いの恋をシュナイダー家までが受け入れてくれるかどうかはわからない。それでも母にだけはやはり、きちんと報告しておきたいなと思う。昔聞かされていた通りに、自分はこの人と出会ったのだと。

(元気にしてるのかな…)

思えばもう何年も連絡を取っていない。湊は数年ぶりかで脳裏に母の姿を思い浮かべた。

「手紙書こうかなって前に言ってたよね」

「うん。いまどこにいるのか、まずは理事に問い合わせなくちゃだけど…」

「きっと湊に似て、すごい美人なんだろうね」

「確かに顔は母さん似だけど、性格は父さんにそっくりだってよく言われるよ」

「瑞《みずき》さんにも会ってみたかったなぁ」

「うん…」

国内にいるうちに、と父の墓前には先日二人で報告に赴《おもむ》いた。

手を合わせながら、隼人はずいぶん長い間、内心だけで瑞に語りかけていたのを思い出す。何を話してたの？　と訊《たず》ねたら「んー、内緒」と言われてしまったので、語らいの内容はいまもって謎だけれど、隼人の穏やかな物腰はきっと物静かな瑞とも波長が合ったことだろう。

「今度の日曜も楽しみだね」

「……こっちは緊張で卒倒しそうだけど」

「じゃあいつ倒れてもいいように、俺は湊の背後で待機してるね」

（そういう問題かなぁ…）

三日後の日曜日、湊は成城の各務《かがみ》本家に招待されていた。

隼人の双子の姉・曜子《ようこ》とは校内で二度ほど顔を合わせたことがあるのだが、彼の両親に会うのはこれが初めてになる。そんな状況で緊張するなという方がむずかしい。

異種族婚なんてそう認められるわけがない——そう思って当初は気鬱《きうつ》に思っていたのだが、隼人によれば意外にも各務家は湊の存在を歓迎してくれているらしい。そもそも。

（碑文谷にきたのもかなりフライングだったけど…）

あちらの両親にどう打ち明けたものか、湊が悩む間もなく隼人はあっさりと二人の関係を暴露してしまっていたのだ。聞けば佐倉家での騒動の前にはもう報告を済ませていたというのだから、時期尚早《しょうそう》にもほどがあるという話だ。

『え、もう言っちゃったけど？』

後日それを軽く聞かされた時の、こちらの脱力ぶりを想像してみて欲しい。素《す》で床にへたり込んだ湊に、隼人は心底不思議そうに「どうしたの？」と訊いたものだ。

「でも各務家も変わってるよね。異種族婚なんて、普通は勘当《かんどう》モノだと思うけど…」

「そうなのかな」

「それに、てっきり君が『各務』を継ぐんだと思ってたし」

「まさか。もっと適任がいるもの」

考えてみればこの性格だ、名家の当主の座などとても務まるはずがないのだ。各務家としては双子が物心ついた頃から、姉の曜子一人にターゲットを絞っていたらしい。至極、賢明な判断だろう。

隼人の父親とは一度だけ電話で話したことがあるのだが、彼には「息子の心を射止めてくれてありがとう」と開口いちばんにそう告げられた。隼人の困った日常には父親もずいぶん心を痛めていたらしい。逆に母親は熱烈な推進《すいしん》派だったと聞くので、湊としては彼女に会うのがもっとも緊張すると言っても過言ではない。各務家においては弟を必要以上に擁護することも、突き放すこともなかった曜子が中立派といったところだろうか。

「あ、そうだ。曜子に湊のメアド教えていい？　何かあったらいつでも相談に乗りますって」

「――それ、すごく心強い」

こちらにきてから話したうちでは、曜子の言動がいちばんまともそうだった気がするのでそれは素直に心強かった。

「じゃあ、あとで曜子にメールしとくね」

「よろしく。——ところで、隼人」

「何？」

ステンカラーコートの胸に軽々と抱かれながら、胡乱《うろん》な眼差しを周囲にめぐらせる。

「いつまで専科棟の周り、回ってるつもり？」

「あ、バレてた？」

「さすがの俺も、この辺の景色は覚えてるよ」

専科棟の裏庭に佇《たたず》むように咲く椿《つばき》の花を、少なくとももう三度は見かけている。

（久々に落ち着いて話せたけどね…）

昨夜といい今朝といい、すぐに欲しがる隼人のせいでゆっくり雑談する間もなかったので、いまのひとときはなかなかに有意義な時間だった。とはいえ、このまま裏庭を散策し続けるには今日の最高気温十三度はちょっと寒すぎる。

「だって八重樫《やえがし》が待ってるんでしょ？　そんなに会いたい？」

「だからそうじゃなくて、頼みごとの結果が知りたいだけだってば」

本当なら朝のHR《ホームルーム》前に終わっていたはずの用件なのだが、誰かさんのせいで遅刻を余儀なくされたため、八重樫の手が空《あ》いているというこの時間に専科棟の真芹《ませり》の研究室で待ち合わせたのだ。

「——ていうか今朝の、もしかしてわざと…」

「うん。だって、八重樫に会うから遅刻したくないなんて」

なんか納得できなかったから、と悪びれたふうもなく隼人がニッコリと笑ってみせる。

（言わなきゃよかった……）

いまさらな後悔に胸中だけで溜め息をついてから、湊は独占欲の強い恋人の額を軽く小突いた。

「そーいうの、もうなしだからね」

「どうしても？」

「どうしても」

「わかった。善処します」

（……善処って）

信用ならない言葉に眉を顰《ひそ》めつつ、とりあえずいまはそれ以上追求しないでおく。

隼人には専科棟の入り口で下ろしてもらい、湊は自身の足で目的の部屋に向かった。ノックひとつで開いた扉の内側では、真芹が悠々とティーカップを傾けているところだった。扉を開けてくれた八重樫が、目が合うなり笑いながら軽く敬礼の仕草《しぐさ》をする。

「おはようございます、お待ちしてましたよ」

「ごめんね。時間、変更してもらって…」

その理由を覚られまいとダルイ腰に活を入れつつ、湊は努めて平静な顔で室内に踏み入った。だがその涙ぐましい労力も、隼人のたった一言で霧散してしまう。

「何しろ、朝からバックと騎乗位で忙しくて……痛いよ、湊」

間に合わなかった拳《こぶし》をとりあえず脇腹に押しつけて隼人を黙らせると、湊は引き攣《つ》りそうになる表情筋に今度は活を入れた。

「えーと、そうではなく…」

「あ、お気遣いなく。ていうか想定の範囲内なんで、ホント気にせず」

こちらのやり取りなどまるで気にしたふうもなくメガネのブリッジを押し上げると、八重樫は「で、早速なんですが…」とブレザーの内ポケットから一枚の写真を取り出した。

「先日メールでも画像送りましたけど、もう一度確認をお願いします。間違いないですか?」

そう言って渡された写真にじっと目を凝《こ》らす。ガラステーブルの上で輝く、アンティークゴールドの小さなペンダント――。王冠を模した丸い台座には、キレイにカットされた直径一センチほどの黒曜石が嵌められており、その天辺《てっぺん》には台座と同じくゴールドで作られた小さなクロスがあしらわれている。その形からチェスの「キング」がモチーフになっていることがわかる。

写真の中のそれは、確かに湊が探していた物だった。

「うん、間違いないよ」

「よかった。いただいた情報から、ドイツのY社が一九七〇年代に生産してたものだってことまではすぐにわかったんですけどね。さすがにいまじゃ数が流通してなくて」

「現物は無理だった…?」

「まさか。それじゃ、俺の名がすたりますって」

八重樫が続いて薄いビロードの布に包まれた何かを懐《ふところ》から取り出す。

「こちらがご所望の品です」

どうぞ、と手渡されたそれを湊は震えそうになる手で受け取った。ゆっくりと開いた黒いビロードの隙間から、写真よりもいくぶん鮮やかなゴールドが覗く。

(懐《なつ》かしい…)

湊が父の胸でよく目にしたものとは石の色が違ったけれど、隼人に贈るなら断然こちらの方が似合うと思ったのだ。

「――ありがとう」

一言に万感の思いを込めて、湊は傍《かたわ》らに立つ八重樫を見つめた。その視線に照れたように頭を掻く八重樫に、隼人が隣から冷めた眼差しを注ぐ。

「言っとくけど、湊は…」

「おまえのもんなんだろ？　知ってるよ、んなこたー」

正式に付き合いはじめて以降、隼人は妙に湊の周囲を警戒するようになった。その変貌ぶりを友人たちは好ましく、時に面白おかしく受け止めているようだが、なぜか矢面《やおもて》に立たされることの多い八重樫としてはそろそろこのやり取りにも疲れてきているのではないかと思う。

(やれやれ…)

どうも隼人的には、湊にボディタッチしてきた八重樫の過去が引っかかっているらしい。とはいえ幼馴染みの付き合いは伊達《だて》じゃないのだろう。

「はいはい、二度と触りませんて」

不機嫌な天然を軽くあしらうと、八重樫は「あー、ちなみに」と今度はソファーに腰かけていた真芹の方に視線を流した。心得たように立ち上がった真芹がマホガニーの机から何かを取り出す。

「こっちは俺らからのプレゼントってことで」

「え?」

「月並みだけど、これに二人の思い出を飾ったらいいんじゃない?」

そう言って真芹に差し出されたラッピングを解くと、三つ折りになったステンレスフレームの額《がく》のような物が現れた。開くと左右の二枚にはいくつもの写真を同時に飾れるよう大小の小窓が開いており、真ん中にはメインの一枚が大きく飾れる仕様になっている。

「わあ、素敵だね」

声を華やがせた隼人の横で、湊は思わず真芹の愛らしい笑顔を見返していた。

「たくさん撮って、季節ごとに入れ替えたらどう? イベントごとでもいいしね」

目が合うなり、真芹がパチンと可愛いウィンクを送ってくる。

(覚えてたんだ…)

昔ルームメイトだった頃、一度だけそんな話をしたことがあった。

家族写真というものに憧れがある、と――。

両親と暮らしていた当時は家の中に無数に飾られていたけれど、別離を経てアカデミーに辿《たど》りついた湊の手元には一枚も渡らなかったのだ。ヴィクトリアのもとに残っていたそれらも、見るたびに取り乱す彼女を見かねてシュナイダー家の者が処分してしまったらしいと理事から聞いている。

思い出は記憶の中だけに留めておくこともできるけれど、目に見える形で手元にあったならどんなによかっただろう？　小さい頃から何度となくそう思ってきた。

両親との日々をそうやって切り取ることは叶わなかったけれど、これからはいくらでも手元に残しておけるのだ。そう思った途端《とたん》、ホロリと涙が零れていた。

「どうしたの、どこか痛い？」

すぐに気づいた隼人が両手で頬を包んでくれる。

（ううん、痛いんじゃなくて…）

「嬉しいだけ」

泣きながら微笑んでみせると、隼人が触れるだけのキスを額にくれた。

「ありがとう、二人とも」

涙を拭《ぬぐ》いながら、真芹と八重樫にも笑顔を贈る。するとなぜか少しだけ瞠目《どうもく》した八重樫が、感嘆とした調子で「ワーオ…」と小さく零した。

「湊さん、その顔もあんまりよそで見せない方が」

「え？」

「――もう用は済んだよね」

首を傾げた湊の背後に回るなり、隼人がなぜか片手の目隠しを施してくる。続いて湊の肩に腕を回すと、隼人は誰の答えも聞かないままにくるりとその場で湊の体を反転させた。

「え、ちょ……隼人？」

後ろで二人が苦笑する気配を感じながら、わけがわからないまま出口へと背中を押される。

「どうかしたの……？」

フォトフレームを片手に抱いたまま身じろいで目隠しを外させると、湊は慌てて隼人の顔を覗き込んだ。わりと笑みを絶やさない天然が、いまはめずらしく、むずかしげに唇を引き結んでいる。

「湊の笑顔も俺だけのものになればいいのに…」

「え、何て？」

小さくて聞き取れなかった言葉を聞き返すと、隼人は「ううん、何でもない」と何とも言えない表情のまま首を振ってみせた。

「ああそうだ、隼人」

呼びかけで振り返った隼人に向けて、八重樫が携帯を振って示す。

「頼まれてた件、わかったからあとでメールしとくわ」

「――さすが。仕事が速いね」

「任せろって」

顎《あご》を逸《そ》らした八重樫に、隼人がふわりと花のような笑みを返す。どうやら隼人も、八重樫に何やら頼みごとをしていたらしい。

「ありがとう、八重樫」

「これくらい朝飯前なんでね」

湊が介在しない分には、それぞれ親友のスタンスに戻るのだろう。繋《つな》いだ視線に宿る、揺るぎない信頼をこうして目にすると、少しだけ八重樫の立ち位置が羨《うらや》ましくも思えた。

「それではお世話になりました。二人とも本当にありがとう」

開いた扉を一歩出てから、隼人が二人に向けて丁寧《ていねい》に腰を折る。こういうところはきちんと踏まえているというか。隣で同じように頭を下げながら、湊は友人相手でも礼を欠かない隼人の振る舞いを改めて好ましく思った。

「それから今後もどうぞよろしくね。——いろいろと」

笑顔でそうつけ足した隼人に、二人がハイハイと苦笑しながら手を振る。

「あ、でも八重樫はあんまりよろしくしなくていいよ」

「おまえ最近、ホント可愛くないね」

「うん。ていうか、八重樫に可愛いなんて思われたくないし」

笑顔で返した隼人に、八重樫が若干《じゃっかん》疲れたような顔で今度はシッシと掌を返した。

「どこへなりと消えてください。俺らもこれから用あって忙しいし、な？」

「な？　俺らってどういうことよ」

「えっ、これから真芹んちにいくんじゃねーのかよ。なんか力仕事が必要とかって…」

「ええ、そうよ。伯母さまが書庫の大掃除をしたいんですって。詳細は伯母さまから聞いてくれる？

私はノータッチだから、お一人でどうぞ」

「ちょ、話違くねぇ？」

八重樫のどこか情けない声を、閉まった扉がパタンと断ち切る。

（あー……彼の思い人、わかったかも）

アレが相手では自分以上に前途多難な恋なのではないかと、思わず同情の念が湧いてくる。

「あの二人っていつもああなの？」

「うん。昔からずっとあんな感じだよ」

聞けば八重樫と真芹、それから各務の双子とは幼稚舎からずっと一緒の腐れ縁なのだという。今度機会があったら真芹か八重樫に、幼少時の隼人がどんなだったか聞いてみようと思い立つも。

（何となく、想像つくような気がしないでもないけど…）

並んで廊下を歩いている間に、四時限目の始業を知らせるチャイムが鳴った。

「いいの、授業は？」

「どうして？」

授業よりも湊の方が大切だよ、などと的外れなことを言われながらきゅっと手を繋がれる。

（やれやれ…）

アカデミーで普通課程も終えている自分はいいとして、隼人はまだ学習途上の身だ。今日に限ってはどうしても優先させたいことがあるので目を瞑《つむ》るけれど、明日からはちゃんと授業に出させなきゃな、と密かに決意する。

（なんかこれ、お母さんみたいな気分だよね……）

無人になった廊下を並んで歩きながら隣を窺うと、気づいた隼人が「どうかした？」と見惚《みと》れるような鮮やかさで表情を綻《ほころ》ばせた。

「何でもない」

「キスしてもいい？」

「え」

唐突な問いかけに足を止めたところで、パチンと隼人の指が鳴る。

「……少しだけだよ」

甘い瞳にじっと見つめられる誘惑に勝てず、湊は少しだけ顎を上げると目を瞑った。唇を触れ合わせるなり隙間を舌で辿られて「んン…」と小さく声が零れる。

「ふ、深いのは…」

「ナシだよね、わかってる」

計ったように三十秒だけ唇を合わせると、湊は促すように繋いだままだった手を引いた。

（危ない、危ない……）

あっさりとしたキスだったにもかかわらず、うっかり火のつきかけていた体を叱咤《しった》しながら専科棟を出る。途端に、凍《こご》えそうなほどの冷気が頬を撫でていった。キスのおかげか、火照《ほて》ったような体にはその冷たさが心地よくすら感じられる。

これからどうする？　と視線で訊いてきた隼人に、湊は白い吐息を宙に滲ませた。

「どこか、二人きりになれる場所ってないかな」

「結界を使わなくても？」

「うん。あ、でもサロンはだめだよ」

あの部屋に連れ込まれたら、下手すると第二ラウンドがはじまってしまう可能性がある。昨夜、今朝とずいぶん好きにされてしまったので、せめて明日の約束まではその方面から離れていたい。

「じゃあ裏庭の雑木林がいいかな」

ちょっと寒いけど、という注釈に湊は眼差しを緩めて「構わないよ」と返した。考えてみれば、生まれ故郷の冬はもっと遥かに厳しいものだった。アカデミーも緯度でいえばここよりも上なので、これしきの寒さは序の口といってもいい。

落ち葉に包まれた道なき道を並んで歩きながら、外気が冷たくなった分、より強く感じられるようになった隼人の手の熱に少しだけ鼓動が速まるのを感じる。

「湊は冬、好き？」

「うん、けっこう好きだよ」

「じゃあ俺も好きになろうかな」

繋いだ手をそっと揺らしながら、隼人が落ち葉で覆われた地面を踏み締める。

「隼人は好きじゃないの？」

「うーん、寒いのはちょっと苦手かな。でも頑張ってみるね」

「無理して頑張ることないけど…」

「ううん、頑張る。だって湊のこと、もっと知りたいから」

ふわりと花のような笑みを浮かべながら、隼人が繋いだ手にきゅっと力を籠めてきた。

（——隼人…）

胸中が温かくなるのを感じながら、湊もその手を握り返す。

「湊が生まれたところはもっと寒かった？」

「うん。エルツ山地が近かったから、冬は雪に埋もれてたよ」

「あの辺は確か、木のおもちゃが有名だったよね。くるみ割り人形とか、煙出し人形とか」

「そう——よく知ってるね」

「親戚が欧州にいるから。遊びにいくと、いろんなところに連れてってくれるんだ」

エルツ山地には初等部に上がる前にも何度か赴いたことがあるというので、もしかしたら小さい頃にどこかですれ違ったり、なんてこともあったのかもしれないと思う。

（小さい隼人と、俺――）

想像するとなんだか胸がくすぐったくなるけれど。

「東京でもたまに雪が降るよ」

「そうらしいね。でもまだ一度も見たことないんだよね」

吐息交じりにそう零すと、ふいに隼人が足を止めた。釣られて立ち止まった湊の顔を覗き込みながら、隼人が甘い笑みを蕩《とろ》けさせる。

「じゃあ、いまから降らせてもいい？」

「雪を？」

「うん。でも、ちょっとだけ湊の力も貸してくれる？」

「いいけど…」

わけもわからないまま、請われた通りに能力を発動する。湊の『増幅』を受けた隼人がほどなくして瞳の色をうっすらと明るくした。パチンと指が鳴る。

「まずはこんな感じ」

見れば雲ひとつない青空から、ハラハラと白い雪片が散りはじめるところだった。

「わ、あ…っ」

木枯らしに吹かれた粉雪がふわりと鼻先をかすめていく。

「すごい……！」

宙に差し出した掌にも、次々と降り積もる雪。だが本物と違って冷たくないそれは、熱い指で触れても溶けることはない。感触はたとえるならば綿毛のような柔らかさだった。

「なんか、不思議な感じ」

「温度も再現できるといいんだけどね、これが俺の限界」

風に流された白い粒子が、視界のそこかしこでふわふわと揺れる。冷たくない雪が降る情景は、まるでスノードームの中に閉じ込められたような光景だった。

「せっかくだから、この辺り一帯にも降らせてみたよ。ただ、広範囲だと形状を真似るので精一杯になっちゃうんだよね。でも、湊の力を借りれば――」

隼人がまた指を鳴らす。

「こんなアレンジもできるんだよ」

本物と見紛《みまご》うばかりだった雪片のひとつひとつが、一瞬でキラキラとした結晶に変わる。

「う、わ…っ」

通常、顕微鏡でもなければ知れないような形状の雪が、はらはらと音もなく宙を舞う。とてもひとつひとつに目を留められないほど無数の結晶が散りばめられた空間は、何もかもが輝くようだった。

（なんてキレイなんだろう…）

大小のそれを目で追いながら、知らず呟きが零れる。

「セイキリッカだ…」

「え？」

首を傾げた隼人に穏やかに微笑んでから、湊は結晶のひとつをふわりと摘《つま》み取った。

「あのね、結晶の形状にはいくつかの種類があって、よくモチーフにされるようなこういう形のものを『板状結晶』っていうんだよ。その中でも形の整ったものを『正規六花《りっか》』っていうんだ」

いつだったか自分にそう教えてくれた父の声を思い出しながら、湊は潤んだ視界でメルヘンな情景を眺めた。ヴィクトリアがこんな光景を見たら、きっと子供のように瞳を輝かせることだろう。

「知らなかった」

「あれは樹枝状結晶、あっちのは広幅六花」

「じゃあ、これは？」

「羊歯《しだ》状結晶」

隼人の掌に載った溶けない結晶に指を添えながら、湊は遠くを見るように眼差しを狭めた。

「父が雪の結晶に詳《くわ》しかったの、久しぶりに思い出したよ」

ドイツにいた頃は冬になると、結晶の観察によく連れ出されたものだ。寒い夜に家族三人で白い息を吐きながら、ルーペや虫眼鏡を片手に散策した日々が脳裏に甦《よみがえ》る。

（そういうのすっかり忘れてたな…）

地面に触れるなりすうっと消えていく結晶をいくつも目で追ってから、湊は傍らの恋人に視線を留めた。艶《つや》めく黒曜石の瞳に、チラチラとした結晶の煌めきが映り込む。

「――ありがとう、隼人」

言葉ではなく蕩けそうな笑顔で応えると、隼人は自然な仕草で湊の前髪にキスをくれた。

くるくると回転しながら降ってくる結晶の中を、ゆっくりと二人で歩く。

不思議とあまり寒さは感じなかった。まるで絵本の中に迷い込んでしまったかのような、現実離れした光景のおかげだろうか？　銀杏《いちょう》並木を抜けてその奥に設《しつら》えられたベンチのひとつに腰かけると、二人はしばし降り募《つの》る結晶と、シンシンと充《み》ちる静寂とを堪能した。

「……君の力は本当にすごいね」

ややして感嘆とともに呟いた湊に、隼人が「そんなことないよ」と緩く首を振ってみせる。

「俺には湊の力の方が何倍も素敵に見えるよ」

「そうかな…」

「誰にでも手を差し伸べられる力なんてそうないよ。湊の力に救われた人、いままでにもいっぱいいたんでしょう？　これからも、たくさんの人が湊を必要とすると思う。――でも」

「でも？」

「いちばん必要としてるのは俺だってこと、忘れないでね。たとえ湊にそんな力がなくても」

湊が湊である限りずっと、と真摯《しんし》な面持ちで囁かれて、湊はジン…と胸の隅が痺《しび》れるのを感じた。

（大好きだよ、隼人……）

言葉だけじゃとても足りそうにない思いが胸に込み上げてくる。コートの合わせを少しだけ開くと、湊は繋いでいた隼人の手をそっと胸に押しあてた。

「俺の気持ち、伝わってる…？」

「――うん」

このうえなく柔らかい笑みで、隼人の表情が彩られる。それを細めた眼差しで見守りながら、湊はシャツ越しに伝わってくる体温でさらに胸を痺れさせた。

引力があるかのように、どちらからともなく顔を傾《かたむ》けて唇を重ねる。

止《や》むことなくはらはらと降り続ける雪の気配を瞼《まぶた》に感じながら、まるで夢の中にいるようだな、と思う。隼人やヴィクトリアが生きる世界は、常にこんな感覚に溢れているのだろうか。

「あ、メール」

ややして身じろいだ隼人が、ポケットから携帯を取り出す。甘い笑みを浮かべたまま片手で操作していた画面を、おもむろに「はい」と目前に示された。

「え？」

「ヴィクトリアさんの現住所だよ。湊の携帯に転送しておくね」

「なん、で…」

「一昨日、八重樫に頼んでおいたんだ」

メール本文に並ぶ住所に、ゆっくりと視線を走らせる。それによればヴィクトリアは現在、ハンブルクに居を構えているらしい。

「クラシック関連のコネで、シュナイダー本家にも確認済だって」

「本家に…？」

「うん」

クラシックには、サラブレッドと自分たちの間に一線を引きたがる者が多い。それゆえ本家の所在すら、普通は容易に知れないものだ。そのうえヴィクトリアの住まいは頻繁《ひんぱん》に変わっているので、本家に繋がる確実なコネがない限りは手がかりすらつかめずに終わるだろう。情報に強く、その方面の仕事も請《う》け負っているという八重樫のコネクションはどうやら想像以上にワールドワイドらしい。

「――すごいね」

「本当にね」

そう言って微笑んだ隼人の瞳にも、素直な感嘆と誇らしげな色とが浮かんでいる。

「ありがとう、隼人。――あとで八重樫くんにもお礼言わなくちゃね」

もし理事を経由して訊《たず》ねていたら、きっとこの住所を知るのは年明けくらいになっていたことだろう。長命のせいか、クラシックたちはとかく様々なことをあと回しにする傾向がある。

(わあ、文明の利器にいまだに興味ないんだ…)

転送してもらったメール本文によれば、ヴィクトリアはパソコンどころか携帯すら持っていないらしくメアドの類《たぐい》はなかったという報告がある。固定電話の番号は記されていたけれど、電話嫌いの彼女が出る可能性は低いだろう。それに急に話せと言われても、数年のブランクがある身としてはうまく喋《しゃべ》れる自信がない。

「手紙書いてみるね、今度の週末にでも」

「よろしく伝えてね」

「うん」

母からどんな反応が返ってくるかは未知数だけれど、叶うことならば直接会って隼人を紹介したいなと思う。以前よりもさらに成長した息子の姿に母はまた戸惑うかもしれないが、自分がいまどれだけ幸せか、それをぜひとも目で見て知って欲しい。

（産んでくれてありがとう、って）

面と向かって、感謝の念も伝えられたらいいなと心底願う。

「向こうに不都合がなければ、冬休みに二人で会いにいくのもいいよね」

「そうだね」

ヴィクトリアの住所をもう一度眺めてから、閉じた携帯をポケットにしまう。と、指先にあたった何かがしゃらり…と小さく音を立てた。

（そうだった）

当初の目的をようやく思い出して、ビロードの包みをポケットから取り出す。

「手ェ出して、隼人」

「何？」

言われた通り差し出された掌に、湊は開いた中身をしゃらら…と落とした。

「あ、さっきのやつだね。――これ、俺がもらっていいの？」

「うん、プレゼント」

細い鎖を手に取った隼人が、漆黒《しっこく》の石を抱いた王冠を宙に翳《かざ》す。黒曜石の瞳がきらきらと艶めくのを眺めながら、湊は少しずつ鼓動が速まるのを感じた。

「昔、出会ったばかりの頃にね、母さんが父さんにペンダントを贈ったんだって。これと同じ、王冠がモチーフになってるやつなんだけど」

「キレイだね、すごく」

チェーンの輪を広げた隼人からそっとペンダントを引き取ると、湊はそれを隼人の頭上に掲げた。それから俯《うつむ》きがちに意味を伝える。

「――あなただけが私の王様です、って意味なんだって」

きょとんとした顔でこちらを見返した隼人の首に、無言のまま細い鎖をかける。これが母から父へのプロポーズだったことをはたしてどう伝えようか、唇を引き結びながら思案していると。

「じゃあ、湊もずっと俺だけのプリンセスでいてくれる？」

甘く笑った隼人の指が、紅潮した頬をそろりと撫でてきた。淡い吐息を宙に滲ませながら、「婚約指輪はどんなのがいいかな」と、さらに蕩けそうな笑みがふわりと咲き誇る。

「……うん」

通じていた思いに視界が潤むのを感じながら、湊は俯きがちに肩を震わせた。

その肩を抱き締めた隼人が、ややしてからあのメロディを口ずさみはじめる――。静寂で充たされた白い空間に、小さなセレナーデだけがいつまでも響いていた。

あとがき

こんにちは、桐嶋リッカと申します。

はじめましての方もそうでない方も、このたびは本書をお手に取ってくださり、ありがとうございます。気がついたらグロリア学院シリーズだけで六冊も出していただいているという事実に、改めて愕然としている次第なのですが、それもこれも懐の深い出版社様と、ご愛顧くださる皆様のおかげだと思っております。本当にありがとうございます。

ただシリーズと申しましても、今作は一冊のみでも支障のない内容となっておりますので（世界観などは多少ややこしいかと思いますが…）、初めてお手に取ってくださる方にもお楽しみいただければ幸いです。もし少しでもどこかお気に召しましたら、既刊にも手を伸ばしてみていただけると嬉しい限りです。


さて、今回はかねてよりご要望の多かった「隼人の恋」に焦点をあてての一冊となりました（とはいえ、視点を彼にしてしまうと物語が崩壊してしまいそうな気配がありましたので、相手側から見た起承転結となっております）。「ヴァンパイア」と「ライカン」という種族違いの恋はいかがだったでしょうか。

実はこの一作、「恋と服従のエトセトラ」のあとがきにもありますように、シリーズとしてはいちばん最初に考えた話だったりします。紆余曲折を経たうえで、このたびありがたくも刊行していただける運びとなりまして、感慨もひとしおなのですが――前述のあとがきでも懸念していた通り、隼人の天然具合が予想以上にいろいろとアレで、執筆の過程でもかなりの紆余曲折があったのは言うまでもありません。脇にいてくれる分にはとても動かしやすいキャラなんですけどね…。こんなにも迷い道だらけの執筆は私としても初めての経験だったので、いま振り返ればいい勉強になったなと思えるのですが、渦中の頃は常に溺死寸前でして、担当様のご助言のおかげでどうにか岸辺まで泳ぎついた、という気持ちでいっぱいです（その節は本当にお世話になりました…）。

そんなこちらの感慨はともかく――隼人に訪れた初めての恋と、それにまつわるエトセトラをお楽しみいただければ何よりです。隼人が性に関して群を抜いて奔放な理由なども今作で詳らかにできたのではないかと思うのですが、あれだけフリーダムだった性生活のパートナーを一人で担わなければならない湊の今後がちょっと心配ですね…。体力的にはついていけてしまうようですが、それがはたして幸いなのか不幸なのかは、今後の二人の話し合い如何にかかっているのではないでしょうか（それにしてもあの天然、意外と言いくるめるのが難しそうなので、湊の苦労が忍ばれます…）。

しかし何ともメルヘン――本編でも相当だと思いましたが、後日談のメルヘンぶりには、書いてるこちらもどうしようかと思いました。ちなみに作中では触れられなかったのですが、授業中とはいえあの雪を目撃した生徒はけっこうな数いたのではないかと推測します。あとで曜子に怒られたり、なんて一幕もあったかもしれませんね。八重樫をはじめ、いつもの面々に囲まれる二人というのも、いつかどこかでご披露できればと思います。

本書が皆様のお手元に届くまで、各方面でご尽力いただいたすべての方々にこの場を借りて御礼申し上げます。今後とも、どうかよろしくお願い致します。

いつも目映いイラストの数々をご提供くださるカズアキ様。表紙ラフをいただいた時点で、隼人の滴るような色気にあてられてしまいました。あの微笑みだけで途方もない人数を落とせますよね。とんでもない魔性だと、改めて実感した次第です。お忙しい中、本当にありがとうございました。

それからたいへんお世話になりました前担当様、あっという間の月日でしたが、おかげさまで実り多き年月となりました。心からの感謝を捧げます。そして、迷い道に邁進していく私の首根っこをひょいとつかんでは、そのたびに引き戻してくださる現担当様、いろいろとお手数おかけしてしまい申し訳ありません。不測の事態にも耐えられるよう、今後はよりいっそう精進してまいりたいと思います。どうぞよろしくお願い致します。

加えて、いつも私を支えてくれる家族に愛猫、友人たち（舞台となった公園取材にともに赴いてくれたN、ありがとう！）にも格別の感謝を。

何よりも読んでくださった皆様に、この胸いっぱいの愛と感謝を捧げます。

また来年、どこかでお目にかかれますように——。

桐嶋リッカ

【HAKKA 1/2】　http://hakka.lomo.jp/812/

この本を読んでの
ご意見・ご感想を
お寄せ下さい。

〒151-0051
東京都渋谷区千駄ヶ谷4-9-7
(株)幻冬舎コミックス　小説リンクス編集部
「桐嶋《きりしま》リッカ先生」係／「カズアキ先生」係

リンクス ロマンス

夜と誘惑のセレナーデ

2009年12月31日　第1刷発行
2012年 7月31日　第2刷発行

著者…………桐嶋《きりしま》リッカ
発行人…………伊藤嘉彦
発行元…………株式会社　幻冬舎コミックス
〒151-0051　東京都渋谷区千駄ヶ谷4-9-7
TEL 03-5411-6434（編集）
発売元…………株式会社　幻冬舎
〒151-0051　東京都渋谷区千駄ヶ谷4-9-7
TEL 03-5411-6222（営業）
振替00120-8-767643
印刷・製本所…共同印刷株式会社
検印廃止

ISBN978-4-344-81836-1 C0293
Printed in Japan

幻冬舎コミックスホームページ　http://www.gentosha-comics.net